「はい、
もちろん慎重な面はありますけど、
男らしくなったというか。
一言でいうと、素敵です！」
手を合わせて褒めてくれるローラさん。
ローラ・メトローゼ

「わぁ、ノルの背中ひろーい」
むにゅり、と。
やたら柔らかい感触が背中に広がる。
酔ったエマが後ろから
手を回して抱きついてきたのだ。
エマ・ブライトネス

ノル・
スタルジア

「やん!? ぜっ、絶対わざとでしょ?」
ミラ・サンタージュ

瀬戸メグル
Illustration
竹花ノート
俺だけ入れる隠しダンジョン
Special training in the Secret Dungeon!
～こっそり鍛えて世界最強～
6

Contents

Special training in the Secret Dungeon! 6

Illustration 竹花ノート
Design 百足屋ユウコ＋フクシマナオ（ムシカゴグラフィクス）
Edit 庄司智

1話　師匠からの命令

鎖から解き放たれた師匠がスタルジア家にやってきてから、数日が過ぎた。

スキルで肉体を強化していたとはいえ二百年も動けず、死鎖呪《しさじゅ》にも力を吸われ続けた。

本調子にはまだまだ戻らないらしい。時々、動き辛《づら》そうにしていることもあって、少し心配かも。

でも精神の方は超元気だ。スタルジア家にも完全に溶け込んでいる。

虎丸同様、もう家族の一員といっても過言ではないレベルだね。

『未来の旦那様、あーん』

師匠はスライスされたリンゴを僕の口に運ぼうとする。

家族で営むレアショップ・スタルジアが好調なこともあり、最近は食卓が豪華だ。

「恥ずかしいですよ。僕は師匠と結婚する予定もないですし。ちょっと年の差が……」

『愛に年齢とか関係ないっしょ。オリヴィア、五百歳差までは許容範囲だし』

それは師匠が特殊なだけです。師匠はスネつつ美味《おい》しそうにリンゴを頬張る。朝からガッツリ肉も食べるし、野菜も食べる。

食べなくても生きていけるよう自身にスキルを【付与】してるが、娯楽として食事は最高に楽しいみたいだ。

『ねぇノルくんに何かいってやってよ～、虎四角も』

『丸！　丸と四角では大違いであろう！』

虎丸が力説するが、師匠はほとんど聞いていない。そして師匠の正面に座る父上の顔がヤバい。

チラ……チラッ……チラ……。

思春期の男子が好きな女子を盗み見するときの態度で、師匠の胸元を見続けている。

長年父上と付き合ってきた母上とアリスは、当然その様子に気づいていて氷魔法よりも冷めた視線を投げかける。

「あなた、後で縄を買ってきてくれる？　集合場所は、人気のない公園の大木の前よ」

「え？　その組み合わせ超怖い……」

母上はいつもニコニコしていておっとり気味だけど、キレているときもそれは維持される。だから恐ろしい。

捕食寸前のネズミみたいに怯《おび》え出す父上に、アリスが微笑《ほほえ》みかける。

「お父様大丈夫です、お店のことはわたしたちに任せてください。この家の長もお兄様がつとめてくれます」

「俺が死ぬみたいな話やめて？　俺は自殺とか一番縁遠い男だけどッ」

「自殺？　あなたったらいつも面白いわ。私が殺すのよ」

ヒッ、と戦慄する父上。今にも漏らしそうな顔で僕に助けを求めてくる。

すみません父上、ちょっとスープが熱いので無視させていただきます。

裏切り者とか薄情者とか聞こえた気がするけど……空耳かもしれないね。

支度をととのえ、出かけようとすると師匠が玄関までついてきてくれた。

『早く帰ってきてねん。オリヴィア、体持て余しちゃう……』

胸元を寄せ上げ、ホットホットと師匠はふざける。僕は正直、鎖から解放された師匠を止められる気がしない。

「僕の部屋とかあさらないで、くださいよ」

『はーい！　死んでもあさらないよ～』

死んでもあさる顔だ。でも、僕もそう来ると思って事前に危ないのは隠してあるからね。

「あと欲しいものあったら言ってください」

『じゃあ家』

「もうちょっと遠慮ってやつが、欲しいです」

『でもガチなんだ～。オリヴィア、そのうち出て行くし。ノルくん家は最高だけど、だいぶ狭いし』

「そこは、反論できません」

うちは部屋が余っていないんだ。

師匠には虎丸とリビングで寝泊まりしてもらっている。

僕の部屋を使っていいと言ったんだけど、僕が一緒じゃないと嫌だと言う。それはちょっと……いや、だいぶ危険。

師匠、絶対僕が寝ている間に人体調査とかしてくるし。

今ならお金にも余裕はあるし、僕は物件を探すことを約束して家を出た。

道に出たところで、タイミング良く走ってくる子がいる。

ゆさゆっさ、と揺れる胸元と顔と、どちらに目が先に行っているのか自分でもわからない。

ただ今日も笑顔のエマは可愛《かわい》いなって感じる。

「おぱよー！」

「どこの民族の挨拶かな？」

「知らないの⁉　最近若い女子の間で流行《はや》ってるのに」

歩きながら何が理由で流行るのか訊《き》いてみる。

（お）っ（ぱ）いばっかり見てんな（よ）——だそうで。

すみません、本当ごめんなさい……。

「ねぇノル、今学期は気合い入れていこうね」

「うん、一学期よりハードらしいから」

育成学校など、どこも二学期は色んなイベントがある。

英雄学校も例に漏れず、忙しいらしい。英雄を目指す学校なため、楽しいことばかりじゃない。

例えば、伝統ある他国との対抗試合なんかもあると聞く。

学校でも腕の立つ生徒が代表に選ばれるとか。詳しくは知らないけれど。

あと冒険者としても、もっと上を目指したいな。

今はBランクだけど、いずれはSランク、さらにギルドを引っ張れる存在になれたら嬉《うれ》しい。師匠みたいに。

学校に到着してSクラスに入ると、レイラさんが手を振り挨拶してくる。彼女は夏休み明けのクラス入れ替えで、AからSに昇格している。

「おぱよ、ノル君」

「へ⁉　ぼ、僕は、見てませんよ」

いや本当に、変な目線などは送っていない。彼女は不思議そうに首を傾《かし》げる。

「やっぱり挨拶変かしら？　他の女子に、男子見たら言った方がいいって言われたのよ」

レイラさんは真面目だし、意味は知らずに使っているのだろう。

エマが耳打ちして真の意味を伝えたら、顔を真っ赤《まか》にして慌てる。

「わわっ、そういう意味じゃないのよ！　ノル君が朝から変な目で女子を見るわけないわよねっ」

僕は微妙な笑顔で、頷《うなず》いたんだかそうじゃないのだか不明な程度にあごを下げる。

いつか、凛々《りり》しい顔で強く首肯できる男になりたいな。

……父上の息子なので無理そうです。

と、ここで教室のドアがだいぶ乱暴に開かれた。木刀を肩に担いだエルナ先生が気だるそうに入ってきた。

みんな即座に席に着く光景はさながら訓練された犬みたいだ。もちろん僕だってそうしている。むしろ一番早かったかもしれない。

「あーとりあえず男子ども……おぱよ」

先生の中でも流行ってるようだ。何人かの男子が過敏に反応して下を向く。

「アンタらも夏休みボケ抜けてきたでしょ。近々、色々と面倒くさいイベントがあるの。アタシはあんまやる気ないけど、一応教師だからさ。傭兵《ようへい》時代はくだらないものは力でねじ伏せたけど、今はそういうわけにもね……。結構お金もらってるわけだし。やっぱ信頼できるのはお金だから」

この先生についていって、大丈夫なのだろうか……？

僕らは自分たちの将来に不安を覚えながら、先生の話に耳を傾けた。

◇　◆　◇

「まず最初に行われるイベントは学年王決定戦といって、学年ごとに競技を行う。各学年、勝者は一人だけで、そいつは学校から特別なアイテムをもらえる。まぁかなりのもんよ」

エルナ先生がそう言うのだから、相当貴重な魔道具なのだろう。

しかも、賞品はそれだけじゃないらしい。

「勝者にはもう一つ、王様権利が与えられる。はいはい、なんだそりゃって顔しないの。アタシだってアホらしいと思ってんだから」

エルナ先生は面倒くさそうに権利の説明をする。

まあ名前の響きのままで、一日だけ学年で一番偉くなれるようだ。

他の生徒に命令を出すことができる、と。

さすがに過剰なものは無理だけど、ある程度のことは許される。

おもしろそうだが、僕にはアイテムの方が魅力的だ。

でも、ここでクラスのスケベ男子が欲望まみれの質問をする。

「先生、例えばですけど女子にちょっとエッチな格好をさせて、マ、マ、マッサージしてもらうとかもありなんですか?」

「そうね、その程度なら許されると思うわ」

「「「マッジかよぉぉぉおおおおお!!」」」

地割れかと思うような叫び声がクラスを埋め尽くす。

あ、僕は叫ばなかったよ……ギリギリ。

しかし待って。

もしこれを利用できたら、LPが一気に貯《た》まるんじゃないのか?

この間の死鎖呪との闘いで思ったのは、僕はまだまだ弱いってこと。

いい加減、もっと強くなっていきたい。

そのためには貪欲さってのは必要な気がする。

「まだ時間があるので、各自鍛えておくように。そんでもう一つ、学年王が終わって少しすると、他校との交流試合がある」

他国にも英雄学校みたいなものがあるらしい。

うちはそこと姉妹校みたいな契約を結んでいる。

ただ交流試合といっても、ガチで腕の競い合いをする。

代表を三人選び、勝ち抜きありで勝負すると。

「うちの代表は、学年王三人が選ばれる。以上」

一、二、三年生からそれぞれ一人か。

僕はその中に入れるだろうか……？

話が終わると、いつも通り授業が始まった。

午前中は座学だけだった。

昼休みになると、エマとレイラさんが話しかけてくる。

「やほ、一緒にゴハン食べようぞー」

「そうだね。どこで食べようか」

「あたし、ノルの分のお弁当持ってきたんだ！」

「助かるよ。師匠がうちの残り物まで食べちゃってさ」

エマの優しさに感動したんだけど、レイラさんが少し戸惑ったような表情だ。

腕を体の後ろに回してなにかを隠そうとする。ただ対象が大きすぎて、はみ出てるんだよね。

どうしたのか尋ねてみた。

彼女は気まずそうに言う。

「や、その、わたしも実は、お弁当を三人分作ってきてて」

かなり大きいバスケットだ。体からはみ出るくらいに。

「でも迷惑だったわよね。こんなの」

「まっさかっ。あたしは、めちゃくちゃ嬉しいよー」

エマは本当に嬉しそうに、レイラさんに抱きつく。

美人のイチャイチャは注目を集める。クラスメイトたちが微笑ましげに眺めていた。

レイラさんはSランクの教室に上がってきたばっかり。

しかも貴族ってわけじゃないのに、すでにファンがいたりするからすごい。男子のひそひそ話が聞こえてくるもんな。

「……ええなぁ、レイラさん。好みだわ」

「俺も俺も。ちょっとキツそうなとこも良《い》いよ」

彼女の【魔拳】はキツいどころじゃすまないけどね。

僕らは屋上に移動して、食事を楽しむことにした。

昼休みは人が結構いて、遊んでいる生徒も多い。

僕らは隅っこに座ってお弁当を広げる。

エマの料理は切り目を入れたパンに焼いた豚肉、牛肉、鶏肉《とりにく》をミックスで入れたものだった。

うーん、大胆不敵って感じだ。

「これ、創作料理？」

「いえす！　絶対美味しいと思うから、先に食べてみて」

「僕を味見役に使うつもりだね。いただくけどさ」

口の大きさと歯ごたえがすんごいことになった。

でも想像よりは、イケる！

「二人とも。よ、よかったらわたしのも」

バスケットの中には、タマゴサンドとフルーツの盛り合わせが入っていた。

「おぉー、贅沢《ぜいたく》ではないか～」

エマが喜ぶ。パンはそれほどでもないが、高そうなフルーツがデザートとしてあるのはポイント高い。

僕は肉パンを飲み込み、そちらもいただく。

普通に美味しい。レイラさんに感謝しつつ、ふと思い出したことを話す。

「最近、ラムウでの活動どうです？」

「……うん、問題はあるけど、しばらくは大丈夫かな」

少し辛《つら》そうだ。僕やエマは『オーディン』だけど、彼女はライバルギルドの『ラムウ』。

本当はこうしていることが不思議なんだ。

「もし困ったときは言ってください。僕でよければ力になります」

「あーっ、またタラシマン発動しようとする」

エマが唇を尖《とが》らせてブーブーと文句を言う。

「タ、タラシマン？」

「ノルみたいな、女の子なら誰にでも優しい男のことを言うんだよ。バカドン」

「バカでドンくさいか……。確かに僕は、そうかもしれないけどさ……」

「バカドンって、意味それだけじゃないけどね」

「そうなの？」

僕は教えてほしいんだけど、少し勿体《もったい》ぶった……というより、恥ずかしがっている。

ちょっぴり顔を赤くしながら、教えてくれる。

「バ、バカだけど、ドンドン……好感度アップ」

「好感度アップ⁉」

「そこは、恥ずかしいから言い方を少し変えたのっ。ノルのバカドン！」

エマは少し興奮した様子で、立ち去っていく。

その際、ちゃっかりタマゴサンドとフルーツは確保していった。よっぽど美味しかったんだな。

「……わたし、なにを見せられているのかしら」

レイラさんが、ちょっぴり憂鬱そうにつぶやいた。

◇　◆　◇

放課後、僕は師匠の物件を探しにいく。

エマが知り合いに良い不動産屋がいるというので紹介してもらうのだ。

四十歳くらいの人で、気さくな男性だった。ただエマにはかなり媚《こ》びを売っている様子だ。

主に貴族を相手に邸宅などを紹介しているらしい。

「ドマドと申します。お初にお目にかかります、ノル様。不躾《ぶしつけ》ですが、やはり貴族の方でしょうか」

「ええ、準男爵ですけど」

一瞬、笑顔が消えましたね。

露骨にガッカリしたのが見て取れた。まあ、こういう態度は慣れているけど。

貴族って認めない人だっているくらいだし。

ただ彼は違った。

営業とはいえ、すぐにスマイルを作り直す。

「ご希望は？」

「広めの庭付きで、ゆうゆうと過ごせる邸宅がいいですね。予算は……二億までで」

ほう、とドマドさんの目の奥がギラッと光る。

いい物件があるというので、案内してもらった。

街の外れだけれど、確かに立派だ。

白塗りの壁と黒塗りの鉄の門のコントラストが映える。

外観は瀟洒《しょうしゃ》な感じで二階建て。空き家とはいえ、日頃の手入れはしっかりしているようだ。

中に入らせてもらって、あれこれ教えてもらった。

かなり住みやすそうなところだ。

「いくらです？」

「二億五百万リアでございますが、エマ様のご紹介ですし、ちょうど二億リアでいかがでしょう」

「師匠が頷けば、契約させていただきます」

「ぜひ、よろしくお願いいたします」

細かい手続きなども含めて、信頼できそうな人だ。

邸宅見学を終えると、エマと二人で買い物をする。

武器屋などを見て回ったけど、特にめぼしいものはなかった。

別れ際、エマが僕にお願い事をしてきた。

「オリヴィアさんに、今度修行つけてほしいって伝えてくんない？」

「いいよ。僕もお願いきいてもらったし」

「ありがと、ノル！」

ばいばーいとエマが手を振って別れようとした瞬間のことだ……ヒュゥー、と強風が吹いてスカートがめくり上げられた。

「ゃ!?」

ふう、主張強めの水色か。少しだけれどＬＰも入った。【ラッキースケベ】の仕業かな。

「み、見た？」

「実は僕、スキルで多少なら視力調整できるんだ。いま、弱めにしてるので」

「うそくさ～い。……えっち」

そう言い残すと、エマは夕日に向かって走っていく。

えっちでごめんなさい。でも男って大体えっちだと思うのは僕が思春期だからでしょうか父上。

いや父上はもうおじさんなのにだいぶえっちですよね、なんて考えながら帰宅した。
『がう、うぅ……ぅおおノル、助けてくれ』
リビングにて、虎丸が師匠にもてあそばれていた。
頭のチューリップを激しくいじくられているのだ。
『なんで、頭に花を咲かせてるん？　オリヴィア、わっかんなーい』
などと笑いながら、師匠はまた花をいじる。
ああ、そこは本当に優しく扱わなきゃいけないのに。
男女にとっての股間だと思え、と虎丸が以前言っていましたよ。
『ひゃう！　そこ敏感だからぁ！』
虎丸はおかしくなりすぎた果てに、疲れて横になってしまう。ゼェゼェと息が荒い。
ごめんよ、師匠の暴走は弟子の僕にも止められないんだ。
「ところで師匠、家の候補見つけてきましたよ」
『わぁー、ノルくん大好きー』
師匠は僕に抱きついて、頭をナデナデしてくる。
『LP入った〜？』
「……入ってます」
『LPは貯めとこね〜。いつかはオリヴィアを超えていかなきゃ』
師匠を超えるなんて可能なのかな……。

三大スキルがなくなったとはいえ、過去に覚えたスキルは大量にあるだろうし。

「そういえばエマが今度修行つけてほしいって」

『えぇ～……。女の子に教えても、あんまりおもしろくないんだよね～』

「そう言わずに。あと、できれば僕も修行つけてほしいんです。もっと強くなりたくて」

僕は師匠の目を真剣に見つめる。

ちょっとチャかすような態度なのが悔しい。絶対本気だと感じてないよ。

頭を下げて、真剣にお願いしてみる。

「本気です！　僕は隠しダンジョンを最後までクリアして、最高の冒険者になって、身分すらどうでもよくなるような人になりたいんです」

『オリヴィアの修行、楽じゃないよ？』

僕は首肯する。かの伝説の冒険者に直接指導してもらえるなら、覚悟は必要だ。

師匠は虎丸の花をコチョコチョしながら、少し考える仕草をした。

虎丸の奇声が部屋を埋める。虎丸……がんばれ。

『じゃ要求その一、10万ＬＰ貯めてみよ～』

「じゅ、10万……？」

かなり大きな数だ。

もしかしたら今まで貯めた合計でも、そこまでは達していないかもしれない。

師匠はわかりやすく説明してくれる。

『ノルくんの話を聞く限り、編集と付与を今いち使いこなせてないよねー。それ、もったいないじゃん』

その二つは敵と対峙《たいじ》したときに、どれだけLPが貯まっているかが重要だ。

相手のスキルを破壊するにも、強力なものは相当な数字を要求されることも多い。

「LP貯めます。それで、その二もあるんですか？」

『うん、生け贄《いにえ》を壊すこと』

「エッ⁉　どうして？」

【生け贄】は自分のスキルを破壊することを条件に、少しの時間強くなることができる。

死鎖呪を倒すときにも大活躍した。あれがなかったら、僕は師匠を救うことができなかったかもしれない。

師匠が教えてくれた理由をまとめるとこうだ。

まず、体への負担が大きすぎる。長期的に使い続けると、肉体が弱まっていく。

病気になりやすかったり、寿命が縮んだり。

『ノルくんなら【創作】で対応スキルを創ることもできるよ。でも肉体が弱まっていけば、必要LPは膨大になっていくよー』

納得できた。僕としても体を極端に痛めていくつもりはない。

それに別の理由もあるみたいだ。

『あれに頼ると、メンタル弱くなるから。オリヴィアがボコボコにしたリトリーヌも、生け贄使えなくなったらザコちゃんになった！　にゃははは！』

リトリーヌは過去に師匠と対決したことのある聖女だ。

有名な彼女ですら、師匠が思い出し爆笑するくらいメンタル低下したらしい。

まあ、一つの技に頼りすぎるって危険なのかもね。

僕は師匠の指示を受け入れる。

【生け贄】の文章を編集して、成り立たなくする。

必要ＬＰは大したことなかった。

「スキルを壊しました」

『やるね～っ。じゃ、ＬＰ貯めるのがんばって～！』

「はい！」

なるべく早く貯められるように頑張ろう。

◇◆◇

学校に行く前、僕はＬＰを貯める。

家族とハグをして、師匠ともそうする。

家族とのハグは、入手ＬＰはかなり少ない。

そりゃそうだ、家族が魅力的な異性になることはほとんどない。アリスに踏まれたりすると割と貯まるのは……なぞだけど。

　食卓でLPの貯め方に悩んでいると、師匠が察してくれたのかアドバイスをくれる。

『食欲、性欲、物欲（達成欲）で貯まるけど、オリヴィアは性欲、食欲、物欲の順だったのね～。んで、元はオリヴィアのだから譲渡したノルくんも引き継いでる』

「ですよね。僕も多少偏りあると感じてました」

　食欲はわりと入るんだけど、同じメニューだと二回目以降の入手量がかなり減る。

『うちのママなんかは、食欲ぶっちぎりタイプだったんだけどね』

「師匠のお母さん……想像できない。っていうか、お母さんもスキルあったんですね」

『そ～。オリヴィア並みにヤバい強さだったし』

　師匠も子供の頃は、母によく叱られて泣いたらしい。

　想像できないなぁ。ちなみに師匠の母の名は、メルナ・サーヴァント。

『物欲、達成欲に関しては、自分で大きい目標とか立てて達成した方がいいよー。入ることもあるしねぇ』

　確か学校に入学した時は、入ったんだよな。

　じゃあ目先の目標として、学年王決定戦で優勝するってのにしてみよう。

『あと、魔道具をLPに変換してみ？　あんま使ってこなかったっしょー』

「参考になります。さすがですよ」

『お礼はこれでいいぞよ～。んー、んー』

師匠が唇を突き出して、目を閉じる。

僕はニコッと笑って、母上の作った料理を口に運んであげた。

ケチッ、とぶーぶー文句言う師匠にいってきますの挨拶をして、僕は家を出た。

ＬＰは三つの欲求の他だと【ＬＰ変換・金】【ＬＰ変換・アイテム】で入手できる。

金はちょっと効率が悪め。しかも師匠の邸宅買うのであまり使えない。

となると、アイテムの方を使っていこう。

隠しダンジョンでアイテムを探す。または、冒険者の依頼を受けながら探すという手もあるな。

教室にいくと、生徒たちが学年王について盛り上がっていた。

聞き耳を立てて情報収集しておいた。

今日は午前中で学校が終わったので、午後はエマと一緒に冒険者ギルドに向かう。

「学年王だけど、エマは本気でやるの？」

「あたしの気持ちを一言で表すと――やったるぞー！」

十分すぎるほど気合い入っている。僕に対して指をビシッと向けて、

「今回はノル相手でも、手加減しないから。そこんとこ、よろしくね？」

「僕も優勝狙ってるから負けないよ」

「正々堂々頑張ろうぞ～」

エマが腕を組みながら楽しそうに言う。バトルする間柄って雰囲気ではないかなぁ。

冒険者ギルドに入ると、ローラさんが四人組の冒険者になにかを指導していた。

こちらに気づくなり、彼女は手を振りながらやってくる。

「ノルさーん！　お待ちしてましたよー」

うふふふーとハグしようとしてくるローラさんだけど、その間に両手を伸ばしながら割って入るエマ。

「変態泥棒ガード！」

エマに阻まれたローラさんがカッとする。

「誰が変態ですかっ。私はいたってノーマルです」

「じゃあ、ノーマル変態ガードで」

「ノーマルと変態は共存できません！」

難しいことで争っていると、先ほどのパーティーが恐る恐るって感じに近寄ってきた。

「あのローラさん……依頼なんですけど」

「あら、そうでした。でも、依頼より大事なことがあります。こちらノルさん。次期、ウチのエースが確定しています。いえ、なんならすでにエースです」

ローラさんがこちらにウインクしながら、僕を紹介してくれた。

過大評価なので、エースは否定しつつ自己紹介を済ませた。

「ノルさんは、冒険者ランクってなんですか？」

リーダーっぽい男性が訊いてきたのでBだと答えた。

すると四人とも表情を一変させて驚く。

「す、すげえ⁉　その若さでっ。もしよかったら、俺たちになにかアドバイスくださいっ」

「お願いしゃす！」

ええ……困ったな。ものすごくキラキラした目でアドバイスを求められてしまった。

僕自身もまだまだもらう立場だが、彼らよりは経験もあるので一言だけ。

「危ないときは逃げましょう、そして無理はしないように」

「ありがとござしゃす！」

チキンハートによってここまで生き延びてきたので、間違ってはいないと思うんだ。

さて、彼らの相手が終わった後は、依頼を受ける。

アイテム系が欲しいことをローラさんに伝えておいた。

「ノルさんのためにに情報集めておきますね。ただ今日は、ルナの元に向かってくれませんか？」

彼女は今日、単独で依頼を受けていたらしい。

聖女の仕事が休みで、朝早くに魔物退治に出発したと。

ローラさんは首を少し傾け、不安そうな表情を浮かべる。

「農村でのゴブリン退治なんです。ルナにしては帰りが遅いかなって……」

農村は、徒歩一時間ほどの場所にある。

ルナさんが出たのは朝の七時くらい。

いまは午後の二時前なので、確かに遅い方かもしれない。

「お礼に、ご馳走《ちそう》されてるんじゃない？」

エマの予想と、僕も同じ考えだ。

ただローラさんは、やっぱり幼なじみが心配みたいだ。

僕だってそうなので、無駄足になったとしても村に向かってみようと思う。農村の場所はエマが知っているので問題ない。

二人で街を出て少ししてから、エマが得意げな顔をする。

「ねえ、ちょっと見てて」

僕が頷くと、エマは地面に向けて風を放った。

風力はかなりのものだ。

放ったときの反動なのか、彼女の体が高く浮いた。

それこそ真上を向かないと捉えられない。そのくらい地面から高い位置にいくのだ。

「たぁぁああ――」

落下と同時に短剣を振り下ろす。その姿はかなり迫力があり、かっこよかった。

エマはスカートの裾をひらひらと風に靡《なび》かせながら笑う。

「見た？」

ホワイト！

……じゃなかった。どうしてそっちに視線を奪われてしまうんだよ。

「すごかったよ。新しい技？」

「えへへ、のぞいてごらーん」

本人の許可も出ているので【鑑定眼】を使ってみた。

【爆風】というスキルを新たに覚えていた。あとレベルも以前より上がっている。人知れず修行している証拠だね。

「エマ、最近がんばってるなぁ」

「あたしがノルを守ってあげる日も近いかもねっ」

弾んだ足取りで進んでいくエマ。

いつもＬＰでお世話になっている恩返しもなにか考えておこう。

風魔法の適性が優れているわけだし、それ系なら【付与】しやすいか。

農村には、情報通り一時間ほどでたどり着いた。

一応、遠目から村の様子を確認する。他の魔物や盗賊に襲われた可能性なんかもある。

入り口や周辺に人影はない。位置を変えながら村の中の様子を調べる。

広場のところに人が集まっていた。それもかなりの数だ。

たぶん輪の中でなにかが行われているはずだが、人の壁でわからない。

僕とエマは、一応警戒しながら中に入っていく。

輪の一番後ろにいる人に訊いてみる。

「冒険者仲間が依頼でこの村にきているのですが、なにかありました？」

「あんた、どっちの仲間だ？」

「仲間は、ルナさんという女性ですが」

「まさにいま、問題が起きてたんだ。彼女が、最初のゴブリンを倒してくれたんだが……」

後からやってきた冒険者が、ゴブリン退治は俺たちの仕事だと主張してきたらしい。

そして後からきた別のゴブリンたちは、彼らが倒してしまったと。

当然ルナさんは抗議した。

それで相手方と揉《も》めて、荒々しいことに発展しているようだ。

相手方の冒険者は、仕事を横取りしてきたのか？

そうと言い切るのは早計か。判断が難しいところだ。

とりあえず揉めごとの中心に向かう。

広間の中央で、ルナさんが魔法銃を構えており、相手側の冒険者もゴツいモーニングスターを構えていた。

相手側は三人組パーティー。

ただ、ルナさんが対峙しているのは一人だけ。

一対一で決着をつけるという話になったのかもしれない。

「ルナさん、問題があったんですか」

「ノル殿にエマ殿……どうしてここに？」

「ローラさんに言われて、様子を見にきたんです」

僕らがそんな会話をしていると、相手方の冒険者たちが会話に交じってきた。

「おいおい、仲間を呼んだのかよ。だが一対一は変わらない、そうだな？」

相手側の男の口調は強いが、ルナさんは素直に頷く。

お互いバリバリやり合う気だ。

ちなみに、いましゃべった彼はかなり強い。

名前：モイジ・ズートレイ
年齢：28
種族：人間
レベル：104
職業：冒険者　傭兵
スキル：怪力　物理耐性A　鉄球爆撃

レベルも高いし、スキルに怖いものがある。

【鉄球爆撃】を調べてみた。

自分が使った鉄球を勢いよくぶつけたところに、爆発を起こすことが可能。

モーニングスターにも種類がある。

彼のは丸形の頭の部分に尖ったスパイクがいくつも付いている。

持ち手の部分は棍棒《こんぼう》に似ているが、鎖で繋《つな》がっていて、遠くまで振り回せるような武器となっている。

自慢の怪力でぶつけられたら、骨がバキバキに折れてしまうだろう。

仲間の二人もチェックしたが、彼と似た実力があった。

ルナさんだって強い。

でも本気でやり合えば、さすがに無事では済まないかもな。

「ねえ、あなたたちはどこのギルドなの？」

エマが質問すると、モイジが即答する。

「イフリートだ」

僕らオーディンやラムウと並んで、大手ギルドの一つに数えられる。

強気な姿勢で、他のギルドからよく引き抜きを行うと有名だ。

そもそも、どうしてこんな状況になったのかを僕は尋ねる。

「ゴブリン退治は僕らオーディンのギルドにきた依頼です。横取りに当たるのでは？」

「横取り？　今回のゴブリン退治は、俺たちイフリートにきた依頼だ。横取りって言うならそっちだろ」

嘘《うそ》を言っているようには見えない。

ということは、本当にあちらにも依頼があったのかもしれない。

いわゆる重複依頼ってやつだ。

普通はやらないんだけれど、こういうことがたまにある。

僕は、村長はどなたか尋ねた。

村長がバツの悪そうな顔で出てきたので、重複したんだろうなと推測できてしまった。

色々と質問しようと思ったのだが、あちらから先に説明してきた。

「依頼は複数のギルドに出しておったのです。一つが決まった時点で、他のを取り下げようとしました。ところが、取り下げが遅れてしまって……」

そういうことか。

なくは無い。依頼側も、いつまでたっても引き受けてもらえないことがあるので、複数のギルドに出してしまうことがあるのだ。

どこかに受けてもらった時点で、すぐに取り下げるのが基本なんだけど、今回は間に合わなかったのかな？

でもしばらくは他ギルドに依頼を出さないよう、頼まれると思うんだけどなぁ……。

「そういうことでしたら、お互い報酬を半分ってことじゃダメですか？」

僕は、モイジとルナさんに提案してみた。

相手は危険だし、なるべくならルナさんには戦ってほしくはない。

「そいつはできない相談だ。お前たちが退くか、決着をつけるか、それしか道はない」

「悪いが、私も戦う準備はできている。かなり酷《ひど》い挑発をされたのでな。黙って引き下がるわけにいかないのだ」

冷静なはずのルナさんが、かなりご立腹のようだ。

相当な悪口言われたのかな……。

これは止まらないな。

僕らは見守るしかなさそうだ。

村長もすっかり怯えてしまって止める気がないようだし、困った。

「皆の者、下がっていてくれ」

ルナさんが合図をして、僕たちはみんな距離を取る。

その際、小声でアドバイスをしておいた。

「鉄球は爆発します。気をつけてください」

「うむ、ノル殿の気遣い、無駄にはしないよ」

僕が離れると、すぐに闘いは始まった。

ルナさんが下げていた魔法銃を持ち上げる。

「エナジーショット――」

ズギュン、ズギュンと【エナジーショット】が二発撃たれた。

モイジは上手《うま》い具合に体を捻《ひね》って、それを避けた。

ちゃんと球筋が見えてるな……。経験も豊富なんだろう。

鎖を握り、高い位置でブンブンと振り回し、それを軽々と投げつける。

かなりの重量感と勢いを増しながら、ルナさんに襲いかかる。

僕のアドバイスもあったのだろう。彼女はかなり大きく距離を取るように逃げた。それは大正解だった。

村の外まで届く轟音《ごうおん》がして、土砂がまき散らされた。

爆発はそこまで大きくないが、生身で受けたら死ぬかも……。

「クッ、やるな！　だが私とて、引き下がれぬのだ」

ルナさんは無駄のない動きで細かく魔法銃を放つ。

魔力を消費するので、無限に撃てるわけじゃないけど、その辺のバランスは身につけている。

最初は銃弾を躱《かわ》しながら鉄球で反撃していたモイジ。あちこちで爆発を起こした。

でもさすがに、徐々に疲れが見えてきた。

ショットが腕や脚を掠《かす》めるようになった。

服が破れ、肉が削《そ》がれ、血が流れる。動きが鈍くなってからは脚を集中的に狙われ、ついには立てなくなった。

ルナさんは一気に距離を詰め、銃口をモイジの額に向けた。

「負けを認めるな？」

「……チッ、誰が……」

「オーディンを酷く愚弄したことについて、謝罪を要求する」

怒っていた理由はそれだったんだ。

ルナさんは聖女を務めるほど献身的で、自己犠牲を行える人。

自分の所属しているギルドをバカにされるのが耐えられなかったんだね。

「殺したいなら殺せ。決闘の末の殺人なら許される」

とは言うけど……実際にやったらギルド間で争いがおきそうな気はする。

や、やばい。ルナさんの目つきは依然厳しいままだ。

「ル、ルナさん、その辺で……」

「そう、だよ。相手も負けを認めてるようなもんだし。ね？」

僕とエマが声をかけるが、彼女は銃を下ろそうとはしない。

「前言撤回する気はない。それが最終選択でいいのだな？」

「構わねえよ。オーディンのやつらに頭下げたとあっちゃ、どうせ追放だ」

「理解したよ。それでは、こうさせてもらう」

えっ、まさか……

——ズギュン。

そのまさかで、ルナさんは至近距離から魔法銃を撃ってしまった。モイジは弾《はじ》かれたように頭を下げて、表情をこわばらせた。

誰もが息を呑《の》む。エマが僕の腕を摑《つか》んで焦り出す。

「どど、どうしようノル……。本当にやっちゃったよ……」

「……待って、瞬《まばた》きしてるよ」

モイジさんはちゃんと生きている。

体に違和感があるのか、不可解そうに腕や脚を確かめていた。

「なにをした？　掠り傷が癒えたぞ。それに疲労感もマシになりやがった」

「私の銃は敵を射貫《いぬ》くためだけのものではない。すでに決着はついていた。……ここの依頼料は私たちがもらっておくぞ」

フッと最後に微笑むと、ルナさんは僕らのところにやってくる。

「ヒールショットだったんですね。さすがルナさん」

彼女が意味のない殺人をするなんてあり得ない。

一瞬でも疑ってしまった自分が恥ずかしいな。

「ノル殿の助言のおかげだよ。あれがなかったらもっと苦戦していた。それから村長、支払いはオーディンへ頼むのだ」

「しょ、承知しましたっ」

多分、手付金でいくらかは払っていたと思う。残りの分を支払ってもらって、この件は終了か。

イフリートの人たちも、まあ納得しているのでもめ事には発展しないだろう。

僕らは帰路についた。

ギルドに戻ると、ローラさんに今回のあらましを報告する。

「あの村長さん……約束守らなかったんですね。緊急じゃないなら三日は時間くださいって話したんですよ！」

冒険者にも約束を守らない人がいるように、依頼者もまたそうらしい。

酷い人になると、後払いを拒否する。当然、ギルドでは二度とその人の依頼を受け付けなくなるが、次は他のギルドにいくんだとか。

しかも、他のギルドでも同じことを繰り返す。

この街は冒険者ギルドがいくつかあって、系列ではないことが多い。

だから他で悪さを働いても、案外情報の共有がなかったりする。

「嫌な時代ですよ、もう。ずる賢い人ばかり得する社会なんて」

ローラさんはだいぶ怒ってから、途端に表情を一変させて僕の手を包むように握ってくる。

いや、硬貨を渡してきた。

「ノルさん、こんな社会変えてくださいね。LPいっぱい貯めましょう。手始めに報酬です、ふふ」

「これはルナさんのですよ、僕はなにもしてませんから」

「あらそうでした！　お疲れさま、ルナ」

「ううむ、このオマケ感……友人をやめるべきか」

頭を押さえて、ルナさんがわりと真剣に悩み出す。

社会を変えるのは難しくても、オーディンをナンバー1ギルドにはしてみたい。

２話　アイテムを変換しよう

休日なのでゆっくりめに起きたところ、家の外から父上の悲鳴が聞こえてきた。

「ノルゥゥ！　ちょっと下りてきて、早くこいってばっ」

休日くらいゆっくり眠らせてくださいよと愚痴を言いつつ、僕は下りていく。

外に出ると驚愕《きょうがく》した父上と、大量のビッグボアの死体があった。……この状況はなんだろう？

巨体なイノシシの魔物が山積みになっているのだ。

「これ、お前が狩ってきたんじゃないよな？」

「いえ僕はなにも。虎丸じゃないんですか？」

「母さん、アリス、虎丸は早くに店にいった。違うだろ」

となれば、師匠の可能性が高い。僕は一旦家の中に入る。

リビングで優雅に紅茶をたしなんでいる師匠に質問する。

「師匠ですよね。どうして魔物をあんなに？」

『にゃははー、イノシシ倒しすぎたなり〜。邸宅の件もあるし、ノルくんのお金のたしにしてよ』

「素材はレアショップで売れますし、助かりますけど」

ここで父上が明らかにおかしくなる。

「オリヴィア様、お任せを〜！　ノル、俺の知り合いを呼んで売ってもいいか？」

「別にいいですよ。ただ無駄遣いはしないでください」

「マイサン大しゅき！」

父上が出て行った後、僕は師匠にずっと気になっていたことを訊《き》く。

「師匠って、もう隠しダンジョンは攻略しないんですか？」

『んー、もう興味はないかな～。ノルくんに任せるよ』

「わかりました、じゃあ早速いってきます」

『無茶だけはしちゃダメだよー。オリヴィアは明日まで寝るね～』

午前中から就寝ですか。すごい睡眠欲ですね。

僕は着替えて、隠しダンジョンに移動した。

一応いまの戦力を確認していく。

レベル：182
所持武器
諸刃《もろは》の剣【強刃、幸運】
貫通の槍《やり》【貫通力】
覇者の盾【堅牢《けんろう》、火耐性A、水耐性A、風耐性A】
名無しの大鎚《おおづち》【砕石打】
飛躍の魔弓【弓技強化】

爆風のモーニングスター【爆風】

スキル
大賢者　創作　付与　編集　LP変換　LP変換・金　LP変換・アイテム　石弾　白炎《はくえん》　紫電
落雷　水玉　氷針　氷結球　閃光《せんこう》　柳流し　強斬　剣術C　爆矢　投擲《とうてき》B　跳躍A　錬金術B
鑑定眼　アイテム鑑定眼　視力調整　異空間保存C　迷宮階層移動　生物解体　浄化　掘削　フロントステップ強化　サイドステップ強化　バックステップ強化　受け身　魔法融合　脱臭　ラッキースケベ　肩もみ　夜目　尾行　頭痛耐性　毒耐性A　麻痺《まひ》耐性C　熱耐性A　石化耐性A　状態異常回復C　精神異常耐性C　胆力　聴覚保護　舞踏術　潜水　無呼吸

こうしてみると、僕もかなりのスキルモンスターになってきた感があるな。

残LPは7200だ。

【弓術S】もあったんだけど、死鎖呪との戦闘で破壊した。

【生《い》け贄《にえ》】でこれを捧《ささ》げて、自分を強化したのだ。

取り直してもいいんだけど、3500LPは少々痛い気もする。

もっと余裕ができてから考えようか。

さて、【迷宮階層移動】で十五層に下りた。

肌に触れるのは、相変わらずひんやりとした空気だ。縦長の空間が広がっていて、灰色の壁や床は濃い灰色。
とてもシンプルな場所で、以前は奥に大きな石碑があった。
でもいまはそこが壊されており、階段を確認することができる。
鎖で繋《つな》がれた偽物の師匠は、当然もういない。
僕は十六層に下りていく。
十六層は綺麗《きれい》なレンガの壁で、なんとなくオシャレな感じがする通路だった。
一本道なのだけど、奥から女性の歌声が聞こえてくる。
かなり綺麗な歌声だけど、一種類ではない。
何人かが順番に歌っているみたいだね。
「聞いたことない歌だな」
罠《わな》などにも注意しつつ、進んでいく。
広めの室内につくと、そこにはドレス姿の女性が四人いた。
二十代くらいに見える。みんな同じ顔立ちなのだが、肌と髪の色が違う。
色白、色黒、黄土色、そして少し青みがかった血の気のない感じだ。
四人一斉にこちらに顔を向けてきたが、敵意などはまったく感じない。
それどころか、好意的な笑みを投げかけてきたじゃないか。
「あら、可愛《かわい》い少年だこと」
「こら、男の子に可愛いなんて失礼よ」

「そうよ。ここにたどり着いた強者」

「尊敬の念を込めてあなたに愛を～」

次々と話したかと思うと、歌を口ずさむ。

不思議な雰囲気を持つ人たちだけど、鑑定することはできない。

きっとダンジョンから生まれた存在だろう。

歌が終わるなり、黄土色の人が伸びやかな声で言う。

「ここから先の道に進みたいのならば、我々の中から誰かを選んで連れていってください。私たちはセイレーン四姉妹。私は長女。得意とするのは破壊の歌です」

「私は次女。癒《いや》しの歌が得意です」

「私は三女。守りの歌が得意です」

「私は四女。励ましの歌が得意です」

なるほどね、こういうパターンは前もあったよ。

途中で裏切ったりしないか気を遣わなきゃいけなかったりする。

でも選ばないと進めない仕組みなのだろう。

「では、三女の方でお願いします。僕も三男なもので」

能力的にも守りが得意なら悪くない。

あんまりあれこれ悩むより、スパッと決めて違うところに頭を使っていきたい。

「私を選んでくれてありがとう。精一杯、守りの歌を歌わせてもらうね」

「僕はノルと言います。貴方《あなた》は？」

「名前はありません。三女で大丈夫です」

三女さんって呼ぶのか。妙な感じだ。

この人たちは、性格に違いとかあるんだろうか。

選ばれなかった人たちも特に悔しそうでもない。

「では参りましょう。みんな、見送りの歌を」

「ラララーララー♪」

三人が心躍るようなアップテンポな曲を合唱する。歌って、すごいよなぁ。

音だけなのに喜びや悲しみはもちろん、哀愁をそそったり、こうして高揚させたりもするんだ。

歌がうまい人が人気になるのもわかる気がする。僕もこっそり練習しよう。

三女と一緒に奥に進む。

横に並んでこられたので、念のため半歩後ろを位置取ることにした。

七層のドリちゃんみたいに優しい子なら嬉《うれ》しいけど、敵意を隠している可能性もあるからだ。

さっきとは打って変わり、通路は入り組んだ感じになっている。

「ノルさん、私はあなたを守ります。だからあなたも私を守ってくださいね」

「そうしないと、下におりられないってことでしょうか？」

「そうです」

階段の位置はこの子が知っている。

または、階段への道はこの子がいないと開かなかったりするのかも。

そう考えると、守りの歌い手を選んだのは正解だった可能性もある。

「あなたの体は、鋼となりて～、オーガよりも逞《たくま》しく～♪」

伸びやかな音律が心地よいだけじゃない。

実際に体に力が漲《みなぎ》ってくる。

身体能力が高まっているんだろう。ありがたい。

あっちこっち曲がった道を進んでいると――カチ、と僕の足元で音が鳴った。

「うわ、まさかいまの……」

「見てください」

三女が通路の先を指さす。

左右の壁のレンガが意思でも持ったかのように剝がれて、空中にいくつも浮かぶ。

やっぱり罠だったかぁ……、すみません。

敵意を持ったレンガは待ったなしとばかりに飛来する。

大量にあるにもかかわらず、狙いはすべて三女に定められていた。

「このままでは私は、死にます」

死に面している人とは思えぬほど冷静な口調だ。

ごっそりと感情が抜け落ちているように感じる。

「そうはさせませんよ！」

僕は三女の前に飛び出す。

異空間から瞬時に覇者の盾を取り出して構えた。

大きい盾なので体もかなり隠れる。

重たい音を発生させながらレンガがぶつかってきたけれど、何事もなかったかのように守り切った。

「怪我《けが》はないですよね？」

「はい、私は無事です。参りましょう」

ということなので、引き続き探索を続ける。

「守りの歌は、三女さんには効果ないんですか？」

「まったく効果ありません。また私は虚弱体質です」

レンガ一つでも当たったら本当に逝ってしまうと考えた方がいいか……。

僕は頭の中であれこれとシミュレーションしておく。

三女に防御力上がるスキルを【付与】するか、はたまた違うスキルで僕が直接守るか。

相手、状況次第って感じだろう。

幸い敵は少ないのでこのまま階段までいけたら嬉しいんだけどね。

「次の角を曲がってまっすぐに進むと部屋があります。その中に階段が隠されています」

「部屋には魔物などはいますか？」

「わかりません」

いると想定しておいた方がいい。
通路の先には確かに開けた空間があった。
でも扉などはない。
奥に通じる道も階段もない。
そして誰もいない。
――と、壁からレンガがひとりでに剝がれる。
先ほどの罠と同じパターンかな。
僕は三女の前に出て守ろうとしたが、その必要はなかった。
レンガは全て僕らを素通りして入り口へ飛んだ。
レンガが床から積み重なっていき、あっという間に入り口を塞いでしまった。
クリアするまで逃がさないってわけか。
まあ僕には【階層移動】あるんだけどさ。
ひとまず、まだ使わずに次になにが起きるかを静かに待つ。
ガンガン……ガンガン！
壁の向こうから攻撃してくるような音が聞こえてきた。
堅牢そうなのに壁は簡単に破壊されてしまい、穴が開いてしまった。
大人が通るには小さいけれど、ゴブリンが通過するにはわけないようだ。
ゾロゾロと八体のゴブリンが入場してきた。

体長は一メートルあるかどうかでかなり小さく、手にしている槍も小さめ。

ゴブリン専用にあしらわれた物なのかもな。

敵はすぐに僕らを包囲してきた。

「そういう狙いか！」

ゴブリンの能力を覗《のぞ》いた僕は、少々驚いた。

名前：ゴブリン
レベル：16
スキル：俊敏A

ただのゴブリン、しかも階層に対してレベルがかなり低い。

他のゴブリンもそうだ。そして【俊敏A】が入っているのも同じ。

スピード特化型でなにをするのかは明白、三女を潰しにくるのだろう。

僕自身を倒すよりも楽で、結果的には下層への階段も守れてしまう。

僕は考えていたアイディアの一つを実行する。

【石壁】を500LPで創った。

「ギギ！」

槍を逆手に握ったゴブリンが、三女に飛びかかった。

そこで僕は早速、創ったばかりの石壁を発動した。

これを彼女の前に作る。僕の背丈ほどの石壁が一枚顕現すると、ゴブリンはそれに顔を打ちつけて床に倒れた。

うん、初めてにしてはいい感じだ。

ただ、これじゃ彼女を守り切ることはできない。


【石壁】

〈眼前に直立した四角形の石を出現させる。一定時間で消失する〉


石の強度や大きさなどは、使用者の経験、魔力、才能なんかによるのだろう。

だから、【編集】で次の一文を追加して使いやすくする。


〈石は繋げることもでき、箱型にすることも可能〉


必要LPは６００だったので迷わず改変した。

なぜなら、ゴブリンたちが四方八方から攻めかかるからだ。

「三女さん、しゃがんでください！」

彼女をしゃがませ、石壁を素早く縦横、そして上にも連結させていく。

「ギァ⁉」

ゴブリンたちは勢い余って石の箱にぶつかったり、槍を突き刺したりした。

石壁はなかなか頑強で、びくともしない。

僕は倒れているゴブリンから剣で始末していく。

さすがに最低限の頭はあるらしく、ゴブリンたちは標的を僕に変更してきた。

【白炎】【紫電】などを左手で放って中距離攻撃、右手の剣では肉薄してきたのを斬り捨てる。

動作は俊敏なので少し手間どったが、怪我はせずに倒せた。

「三女さん、平気ですか？」

「ええ、問題ありません」

上の蓋に当たる部分を持ち上げるか迷ったところで、スキルの効果が切れて石が消失した。

しゃがんだままの三女さんに、僕は言う。

「ゴブリンはもう倒しました。階段を探しましょう」

探すといってもこの部屋は、パッと見なにもない。

そこでゴブリンが開けた壁の穴の向こうを覗く。

同じ構造の部屋があるけど階段や扉などもない。

困っていたら、三女が穴をくぐって向こうの部屋にいく。

「不用意にいくと危険ですよ」

「問題ありません。ついてきてください」

僕は三女の背中を追って隣の部屋へ。彼女は壁の前に立つと、こちらに顔だけ向ける。

「この先に階段があります」

「壁ですよ？　壊していくってことですか？」

「いえ、その必要はありません。——開け、壁〜♪　我らがお通りだ〜♪」

なんともストレートな歌詞ですね。

三女が歌い出して二十秒もすると、壁が音を立てながら開かれていき、新たな小部屋が現れた。

そしてそこには、下層へ通じる階段があった。

そういう仕組みだったんだ。でもこれ、壊してもいけたんじゃないのかな？

「おめでとうございます、猛き人。下層でも頑張ってください」

「助かりました。ちなみに貴方は、どうするんですか？」

「なにも変わりません。これまでと同じく、歌い続けるだけです。このように。——さっさといけ〜♪　はやく出てけ〜♪」

「…………」

うん……僕は異物だったようだね。

「はいはい、言われなくても下にいきますよ。一応、さようなら」

「さようなら〜♪　二度とくるな〜♪」

僕はわりと好感抱いてたのに、なかなか酷《ひど》いな！

これが薄っぺらい関係ってやつか……。

歌唱力だけは抜群の歌に背中を押されながら僕は十七層に下りていく。

歌声が聞こえなくなり、ダンジョンの雰囲気ががらりと変わった。

まず、眩《まぶ》しい！

そして……圧倒的自然とザザザ、と聞こえてくる波の音……。

眼前には砂浜があり、海がある。

そして背後には緑豊かな自然があった。

まるでどこかの島にでもやってきたみたいだ。

太陽や陽光まで再現されていて、知らない人ならここがダンジョン内とは思わないだろう。

ドリちゃんのときは森だったし、火山みたいな階層もあった。

何度か経験したとはいえ、やはり不思議だなとは感じる。

「無人島かな？　でも魔物はいるんだろうな……。ひとまず、ここまでにしておこう」

足さえ踏み入れれば、スキルが記録してくれる。

僕は移動スキルで隠しダンジョンを抜け出した。

パッと見た感じだと広そうだし、次の階層は階段探しが大変そうだ。

帰り道、僕はふと思いついて【大賢者】に効率良いアイテム探しを尋ねてみた。

【魔道具感知スキルを創るか、それが付与されたアイテムを入手。スキルを駆使して探すのが良いです】

【魔道具感知】は創るのに5000LPとかなりお高い。

頑張れば創れなくはないけど、まずはスキルが入ったアイテムがないか後で探してみよう。

他にも【大賢者】で魔道具を探す方法もあるが、基本は避けたい。

ランクの高いものであれば、たぶん激しい頭痛になるだろうし……。

実際、いまの質問だって少しズキズキするから。

◇　◆　◇

もうすぐ学年王、その先には姉妹校との代表戦がある。

それもあってか、英雄学校の授業も気合いが入っているように感じる。

燦々《さんさん》と輝く太陽の下、僕らは校庭でエルナ先生の授業を受けていた。

熱中症にならないように、みんなこまめに水分補給を取りながらだ。

エルナ先生は地面に突き刺した木剣の上に立ちながら、僕らを見下ろす。

そのポジション、好きですよね。

「今日の授業は、魔物や人間相手にもわりと使える技を教えようと思う。ただ本音を言えば、アタシはあまり好きじゃない」

好みの戦法ではないけれど、僕らの将来のために伝授してくれるらしい。

先生はジャンプして着地、木剣の先で僕を指名してきた。

「アタシの前に立って、木剣を構えなさい」

「はい」

僕は言われた通りにする。

最近、僕がこういう役をやるのが定番になっている気がする。

先生は木剣の先で僕を捉えると、なぜか肩を軽く上下し始めた。

「これは戦闘の中盤から終盤に使うものよ。少し分が悪いと感じたら、こういう手もあると覚えて
て。それじゃノル、真剣勝負よ。アタシが隙を見せたら攻撃しなさい」

「わかりました」

僕も毎日訓練をしている。

【剣術C】もあるし、経験もかなり積んできた。

先生が本気だったとしても、多少は渡り合える自信がある。

呼吸を整えていると、エルナ先生が猛烈なダッシュをしてきた。

「はぁぁぁ！」

うっ、気迫がすごい……。僕は冷静さを失わないようにして——コケッ。

あのかっこいいダッシュから誰が地面につまずいてコケそうになると想像できただろう？

それでも先生はどうにかバランスを取ったが、片膝が地面についてしまうという。

さすがの失態にまずいと思ってか、先生の表情が歪《ゆが》む。

僕はこの隙を逃さないように一足で距離を消し、先生の首元に木剣を振り下ろす。

「ええっ⁉」

待ってましたとばかりに、先生は瞬発力を爆発させて僕の背後に回り込んだのだ。

ヴォン、と発生する空振り音。

僕がゆっくりと回した首に、ひんやりとした先生の木剣の感触が伝わった。

本物の剣なら、ここで首をチョキンとされていただろう。

「……騙《だま》し討ちってやつですね」

「正解よ。かっこ悪いってか……ダサいから、アタシは使ったことないわ。でも傭兵《ようへい》時代、このやり方で勝ったやつを何人も見てきた」

僕が完全に引っかかったように、同じ目にあった人たちが大勢いたのか……。

「やらないにしても、こういう手を使ってくるやつがいるってことは覚えておきなさい。チャンスや、勝てると思ったとき、隙ができることがある」

ごもっともだ。

強いのに調子にのったせいで負けてしまうなんて例は枚挙にいとまがない。

しかもそういうときほど、大技になりやすかったりするよな。

「卑怯《ひきょう》といえば卑怯だから、嫌いな人もいるはず。アタシも使えとは言わない。でも授業として練習や対策だけはしておくわ」

二人一組になって、練習をすることに。

僕はいつものようにエマと組んだ。

「ねえ、どっちが演技する？」

「先にお願いしていいかな。僕は対処法を考えておくから」

「オッケー」

というわけで始めてみる。

エマは僕に近づいてきたかと思うや、脇腹を押さえてその場に座り込む。

そっか、こういうやり方もあるよな。僕はここで木剣を振ってみる。

するとエマは自分の木剣で受け流して、そのまま僕を討ちにきた。寸止めだったので痛くはないが、防御は結構難しい。

「ねえ、演技かどうかって判断するのムズくない？」

「僕も思ってた。死闘の最中にやられたら厳しいよ。でもやる側も相当勇気いるか」

使うなら分が悪い状況。加えてあんまり冷静じゃない相手がいい。

「次は僕の番だ。いくよ」

武器を上段に構えたまま攻め込む。

わざと大げさに振り回す。エマは蝶々《ちょうちょう》が舞うように上手《うま》く避けていく。

僕は息を荒くしていき、その場に軽く座る。

「ハアハア、もう、ダメだ」

やってて思った。

これ結構恥ずかしいな。しかも演技力も求められるという。

エマが攻めてきた刹那、僕はカウンターをしてみる予定だった。

ところが、どういうわけかエマは自ら武器を地面に落とした。

しかも僕に優しく抱きついてくる……。

「争いは、なにも生み出さないんだよ。相手を許し合うことから、なにかが始まる気がするの」

「……エマ、君の言うとおりだ。僕はいま、ＬＰという大切なものを得たんだ」

「おめでと」

といった感じにふざけ始まったのだけど、いつまでも遊んでいるわけにはいかなくなった。

殺気をビシバシと受けているからだ。

「……おい貴様ら、そんなにアタシの授業は退屈か？」

「いえ……その……これは生命力を得る大事な行為だったので……」

「そうかそうか。ならもう力が湧いてきたな？　全員集合！」

先生は悪魔の笑みを浮かべて生徒たちを集める。

僕たちが輪の中心になっている形だ。

「クラス全員が完璧な演技だと判断するまで、お前たちには練習を続けてもらう」

「そんなっ……」

僕とエマは悲痛な声を合わせる。

これ絶対終わらないやつだ。

とはいえ、ふざけだした僕らに原因があるのは確かなのでやるしかない。

——その後、クラス全員のオーケー判定をもらうまでそれぞれ軽く十回以上、立ち会いをやらされた。

エルナ先生を騙す演技力や言葉の力が欲しいと心底思った授業だった。

授業が終わり、先生の機嫌も少し直ったようなので、僕は学年王について尋ねてみた。

「学年王で得られる魔道具って、知らされているんですか？」

「当日まで待ちなさい。貰《もら》えるのは一つだけど、候補は複数あるらしい。選べるみたいよ」

弓使いが斧《おの》を貰ってもあまり嬉しくはないしね。

モノは良いらしいので期待していいとのこと。

「ノル、強さってのは、状況によって変わる。日頃強いやつが必ず勝つってわけじゃない。それは覚えておきなさい」

先生のアドバイスを胸に刻んでおく。

レベルやスキルや経験が絶対の指標じゃない。

それはすなわち、格下に足を掬《すく》われることがあるってこと。

逆に格上に勝つことだって、この世界では十分に起きている。

僕の頭にパッと浮かんだのは、隠しダンジョンで一度対決しているブラックランサーだ。

「先生は、逆境から格上に勝利したことあります？」

「ったりまえでしょ。誰だと思ってんのよ！」

シュッと腕を振る先生。僕の鼻先で拳は止まった。

おぉ、全然反応できなかった。ほぼノーモーションからのこれは強い。

格闘が得意なレイラさんでも厳しい気がする。

「レベル、スキル、経験で劣っていても心で負けちゃダメよ」

「参考になります！」

よろしい、と先生が綺麗な笑顔になった。

担任がエルナ先生で良かった。

◇◆◇

放課後、エマと一緒に冒険者ギルドに向かった。

ルナさんは聖女の仕事があるので、僕ら二人で依頼をこなす予定だ。

挨拶もそこそこにローラさんが嬉しい情報を教えてくれる。

「あれから魔道具の情報を集めていて、興味深いことを聞きました。ノルさんは、クラスタン墓地ってご存じですか？」

「知ってます」

人が死んだら教会に埋めてもらうのが一般的だけど、街中に教会ばかり置くわけにもいかない。

そこで街から少し離れたところに、何ヵ所か墓地を作っているのだ。

そのうちの一つが、クラスタン墓地になる。

ローラさんはひとさし指をたて、少し深刻そうな顔で告げる。

「実はそこの墓地に、少し前から魔剣っぽいのが刺さっているんです」

「魔剣……誰が刺したんです？」

「不明ですが、剣は戦士の墓に刺してあるそうです。とはいえ、初めから魔剣を刺したとは限りません。ただの剣が変化した可能性もあるんです」

そういう話は聞いたことがある。

無念の死を遂げた兵士などに稀《まれ》にあることで、持ち主の怨念を吸った剣が時間をかけて魔剣に変化すると。

持ち主の死肉や骨から念が漏れ出るのだろうか？

「う～っ、なんだか気味悪くない？」

恐ろしい話でもあるので、エマが少し引いている。

ローラさんも抜きにいくのを推奨はしないようだ。

「正直、私も気味悪いと感じます。一応お伝えはしましたけど、呪われることもあるので、よく考えた方が……」

【解呪】を持つルナさんがいるときにしようか？

でもモタモタしていると、他の誰かに奪われるかもしれない。

「見るだけ見てこようかなと。鑑定眼もあるので、ヤバかったら触らずに帰ります」

「……ノルさん、勇敢になりましたよね」

「そうですか？」

「はい、もちろん慎重な面はありますけど、男らしくなったというか。一言でいうと、素敵です！」

手を合わせて褒めてくれるローラさん。

僕は照れながら、隠しダンジョンのおかげかなーと思った。

最近、ワクワクする冒険が楽しくなっている。無論、根はチキンなので、少し大胆なくらいでちょうどいいのかもなー。

「それとルナから伝言を預かってます。夕方か夜に会いたいそうです。なにか話があるみたいで」

「わかりました。墓地から帰ってきたら会いにいきます」

ギルドを出てから、まずエマについてくるか確認する。

さっき怖がっていたし、これは依頼でもないからだ。

「水くさいですぞー。いくに決まってるじゃん。でも、怖いやつだったら無理はしないようにしよ？」

「だね」

「あとルナさんの件、夜にお誘いとか……家にいったりしたらダメだよ！」

「大丈夫だよ。っていうか、ルナさんから話があるなら真面目系だと思う」

「ならいいけどさ～……」

ルナさんの話も気になるけど、いまは早く魔剣とやらを見にいきたい。

はやる気持ちを抑えながら墓地を目指す。

大体の場所は知っていたので、道に迷ったりはなかった。

見通しの良い場所に、墓石が集まった墓地がある。

管理者などはいない。

放置状態に見えるが囲いは作ってあるし、墓標下に埋まる人の家族などが定期的にくるから荒れ放題ってわけではない。

いまは午後の四時頃。午前中かこの時間帯に、墓に花などをあげにくる人が多い。

「ちらほら人いるねー。どこに剣あるんだろ」

エマが周囲を見回して、なにか気になるものを発見した。

「ね、立ってなにかを見つめる男の人いるじゃん？　その前に……」

男性はラフな格好だけど帯剣している。

一般人とも冒険者とも取れる。

街の外は魔物が出るので一般人でも武器を持つことは多い。

その彼が興味深そうに見つめているのは、少し盛り上がった土の上に刺さっている剣だ。

あれが噂《うわさ》の魔剣なんだろうか。

「近づいてみよう」

僕は青年の元へ。歩きながら剣を観察する。

若干年季は感じるが柄などは比較的綺麗だ。

異様なのは刃の部分で、ここに線状の黒い錆《さび》っぽいものがあった。

らせん状で、黒い蛇が巻きついているようにも見える。

いくら劣化しても、普通はあんな風にはならないだろう。

「あんた、冒険者かい？」

青年のほうから話しかけてくれた。

「ええ、そうです。魔剣ってものに興味があって」

「だろうな。あれがそうだよ」

やっぱりそうらしいので、一応【アイテム鑑定眼】を使っておく。

【刺激の剣　ランクB　スキル：斬撃刃　毒刃　感電柄】

これは……なかなか癖が強い。

【斬撃刃】については、過去にも見たことがある。

【毒刃】はそのままで、斬った相手に毒を食らわせる。

一番気になるのはやはり【感電柄】だ。

調べてみると、これは柄を握った相手を感電させてしまうというもの。

効果は柄だけなので、刃部分であれば感電はしないけれど、そちらには毒がある。

うっかり指を切ってしまえば最悪だし、触っただけでも皮膚にダメージあるかもしれない。

青年が僕の肩に手をのせ、忠告する。

「あの剣を抜きたいんだろうが、やめときな。あれに触ったやつは、抜くどころかその場で倒れちまうとか」

「貴方は、抜きにきたんじゃないんですか？」

「ああ、おれは興味本位で見にきただけさ。触るなんてゴメンだ。呪われても嫌だしな」

呪いは入っていないから安心してください。

そう教えて抜きにいかれても嫌なので黙っておこう。

さあ、どうやって抜こう？　僕が耐えるか、あちらが無害になるかのどっちかだ。

僕は【麻痺耐性Ｃ】がある。

多少は耐えられるだろうが、少し怪しい。

【雷耐性】もあれば電気系に強くなるし、今後の役にも立つかな。

ちなみに【感電】を破壊しようとすると１０００ＬＰ必要だ。

刺激の剣が変換でいくらのＬＰになるかはまだ不明だが、本末転倒になる可能性もあるので耐える方で決定だ。

【雷耐性】はＳかＡにしておきたい。

Ｓだと２０００、Ａだと１２００。

奮発してＳでいってしまおう。

獲得したので剣を抜くことにした。

「ちょ、あんたやめろって⁉」

「そうだよノル！　なにが起きるかわかんないよっ」

「大丈夫、もう対策は打ったから」

勇気を出して、僕は柄を握る。

【毒耐性A】もあるので、刃を触っても大丈夫だったかもしれないけど、せっかくだしね。

「痛っ……」

いくら耐性があっても強力な攻撃は耐えられない。

ただ今回のは、そのレベルではなかった。

つい声には出たけど、我慢できないレベルでは決してない。

長く持つのは厳しそうだけど。

「へ、平気なのかよ……！」

「すごい……でも……」

二人は驚愕と心配が入り交じっているようだ。

僕もさっさと【LP変換・アイテム】で売却額を確認する。

2300LPと出たので、すぐに変換することにした。

フッと武器が消えた途端、青年が凍りついたような表情になる。

「ききき消えた？　いい、いや違う。そいつは呪われし剣、あんたを確実に始末するために姿を消したに違いないっ。このままじゃ、おれまで巻き添えを食らっちまう。すまないが逃げさせてもらうぜ！」

青年は慌てて走り去っていった。

想像力豊かだな～。僕はつい笑ってしまったんだけど、エマも青年同様ひどく怯《おび》えていた。

「逃げないとッ。本当に呪いの剣だったらまずいから！」

「安心して。説明するから」

僕にだけ見えていた情報をすべて伝えると、エマは心底ホッとしていた。

本気で僕が呪われるんじゃないかって心配だったらしい。

総合的に考えると、３００ＬＰプラスで、強い耐性スキルも得た。

きて良かった。

ちなみに同じタイプ、同じスキルの武器であっても状態により売却額は変化する。

過去に【竜殺しＣ】の槍を変換した際は、状態が悪いと５００、良いものだと１５００になった。

状態が悪いときは変換せずに使い潰すってのもありかも。

ギルドに戻って、魔剣が無事抜けたことをローラさんに報告した。彼女もホッと安堵《あんど》していた。

それからエマとは別れて、僕はルナさんを探しにいく。

すでに暗くなってきている。

「ひゃっほー、飲むぞ～！」

誰かが騒いでいる。大通りは、仕事帰りの人たちでごった返していた。

一人で歩いていたら、少し寂しさを感じた。

人が大勢いるはずなのに、なぜだろう。案外、孤独って人の流れの中にいるときに感じるものなのかもしれない。

綺麗な三日月を見上げ、僕は【大賢者】でルナさんの居場所を調べる——つもりだった。

中止したのは前を歩く三人組の若い男性が、すれ違う少女を呼び止めたからだ。

「おいちょっと！　いま、肘が当たったぞ。普通に痛かったんだが！」

「三人で広がって歩いてるからでしょ。アタシは特に悪いことはしてないんだからっ」

少女はかなり強気だった。

珍しい赤髪で、髪型はツインテールだ。左右の髪を束ねているのは可愛いヒモで、センスの良さを感じる。

顔とスタイルも素晴らしく、誰が見ても文句なしの美少女だ。

当然、印象はかなり強いものになる。

少女はつかつかと歩き去ろうとするも、男性たちがご立腹のようで呼び止める。

「待てって！　少し謝るくらいできねえのかよ」

少女は面倒くさそうに嘆息してから、目をキッとつり上げる。

「そっくりそのままお返しする。大体そっちの方が体がデカいんだから、こっちに気をつかうことくらいできないわけ？　学校でなに習ってきたのよ。年下にイキり散らすことでも勉強してたの？」

かなり挑発してから、勝ち誇ったように片笑みを浮かべて、再び彼女は去っていく。

どっちかが謝れば丸く収まる話だったと思うが、こうなっては簡単には収拾がつかない。

「おい」

「おう」

男性たちは短い合図だけで、考えを共有したようだ。

っていうか他人の僕でもわかる。言葉にするならおそらくこんな感じだ。

……あの女、こらしめてやろうぜ。

三人は少女の後を追いだしたので、僕は彼らについていく。

無関係ではあるが今後のことを考えると、ここでハイさよならってわけにはいかない。

少女が襲われて辱められたら……と想像してしまうからだ。

少女は大通りを抜けた後、橋を渡って大人な通りに足を踏み入れる。主にエッチな男性が通うところで、娼婦《しょうふ》などが多くいるし治安も良くはない。

あの子、イントネーションも微妙に違っていたし、外国人なのかもな。

彼女はどんどんひと気のない、貧民街の方へ向かっていく。

男たちが顔を見合わせ、ニヤついた。

襲うにはもってこいの場所だからだ。

色道を抜け、さらに奥へ奥へ。とうとう貧民街に到着してしまった。

ここはかなり雰囲気が重くなる。

道の脇などにボロボロの服をきた人はいるが、他者に一切興味を示さない。

ここなら邪魔されないと判断した男たちが大声をあげる。

「おいクソ女ッ。こっち向けや！」

少女は立ち止まり、静かに振り返る。その顔に悪戯《いたずら》な笑みを浮かべていたことに驚いたのは僕だけじゃないだろう。

「なに笑ってやがる⁉」

「そりゃ笑いもするでしょ。勇気の足りないザコたちがようやく戦う気持ちを持ったんだもの」

「……アァ、そうか……。俺たちに襲われたいタイプか」

完全にプッツンしてしまった。

僕は後方で立ち止まって男性たちを鑑定する。

全員トレジャーハンターだ……。これはお宝探しを最優先とする人たちで、冒険者とは微妙に違う立ち位置になる。

ギルドに所属する人もいるが、そうしない人の方が多いと聞く。

宝を自分で探して売りさばく、という職業ゆえに、冒険者にも引けを取らないほど強い人もいる。

実際、三人ともそれなりに強かった。

特殊なスキルはないけれど、一般人ではまったく歯が立たないだろう。

それが三人で固まっているのだからタチが悪い。でも疑問もある。三人は見た目からして屈強なのに、普通ケンカ売るかな？

「彼女もよっぽど自信があるんじゃ——やっ、やっぱり……⁉」

自信の秘密はこれでした。

名前：ミラ・サンタージュ
年齢：16
種族：人間
レベル：２５６
職業：学生　トレジャーハンター
スキル：異空間保存S　魔道具マスター

あ、圧倒的すぎる……！

彼女までトレジャーハンターだったのは驚きだが、それよりレベルやスキルが凄《すさ》まじい。

【異空間保存】なんかは、僕と比べても大きな差がある。

これはまずいぞ、絶対に止めないといけない。

「あの、争いはやめましょうよ。ここは一応道です。それに戦闘慣れした人でも、大怪我することもあります」

「少年、止めてくれるな。俺たちだって本来はこんな少女をいじめる趣味はない。だがあまりにも生意気だ。大人のルールを教えてやるのも大人の役目でな」

そうじゃなくて、教えられちゃうのは貴方たちですって……。

どういうわけか少女――ミラさんが嬉しそうに僕に声をかけてくる。

「あんた、見所あるじゃないの！　でも邪魔しないで。平気平気、殺しはしないから」

「聞いたか少年？　これだよ。こっちも殺しはしないから邪魔だけはするな」

男性たちは、実は連携で力を発揮するタイプなのかもしれない。

それだったらこの自信もわかる。でも僕と同じく、単に少女の見た目に騙されているタイプだったら……。

どちらなのか判断つかないので僕も下手に手は出さず、静観することにした。

一番雰囲気のある男が、片腕を回しながら前に出る。

「子供相手に大の男三人がかりは恥だ。一発、腹に拳を入れて食ったもののリバースさせる」

あぁ……。相手の強さを感じ取れてないパターンだった。

「悪いけど、あんたに触れられるのなんて勘弁だわ」

なんだ？　ここで気づいた。ミラの手に、黒いボールが握られていることに。

さっきまではなかったのでスキルで収納していた物だろう。

彼女は奇妙なそれを地面に叩《たた》きつけるように投げた。

「ぐえぇっ⁉」

強く跳ねた黒ボールが男のみぞおちに直撃したのだ。

威力は高い。男の反応を見れば明らかだった。

さらに驚くのは、ボールが彼女の手元に不自然に戻っていったこと。

軌道が普通じゃなかったぞ。

法則から外れて無理矢理、彼女の元に戻らされたみたいな。ボールを鑑定してみる。

【マジックボール　ランクC　スキル：+5キロ　弾力　自動返納】

ランクは低いけれど魔道具で、普通のボールではない。

まず重くなっている上に、自動で持ち主のところに戻る性質がある。それでいてしっかり跳ねる。

さっきの奇妙な動きも得心がゆく。

「そ、そいつは一体……」

「あ、もう喋《しゃべ》らなくていいから」

「ひぐ⁉」

投げられたマジックボールが地面から男の顎下へ命中、放物線を描きながら彼女の手元に返っていく。

いまの一撃で男は気絶してしまった。

「オイいくぞ！」

残された二人はプライドを捨てて挑みにかかったけれど、結果はとても簡単に出てしまう。

二人ともボールの餌食になり、完膚なきまでに敗北を喫した。二人は意識があり、這々《ほうほう》の体《てい》になりながらも最初の男を連れて逃げていった。

少女に突っかかってボロ負けはダサいけど、仲間を見捨てないのはポイント高いな。

根は悪い人たちじゃないのかもしれない。

さて、ミラの興味はすでに僕に移っているようだ。

「さっき気づいてたわね？　アタシが完璧に勝つって」

「完璧までは読めませんでしたが、実力差はわかりましたので」

「鑑定眼あるの？　ならそっちの情報も教えてよ。アタシばっかり覗かれてるのはずるい」

ボールを握ったままなので脅迫にも聞こえる。

名前と年齢、学生と冒険者をしていることを伝えた。

さすがに能力は秘密にしておく。

「同い年か～。なら敬語使わなくていいのに」

「少し怖いので」

「あはっ。確かにアタシ、強いわね！　でも安心して、あんたには危害を加えないから。普通に喋って、なんでも質問して」

「それなら、ミラさんはどうしてそんなに強いの？」

「そーねぇー。強いて言うなら、強さがアタシを選んだって感じ？」

なるほど、なに一つわからないよ。

ミラは目を輝かせながら僕に顔を近づけてくる。

「ミラさん？　ううん、ミラでいいってば。だってアタシたち、もう友達でしょ？」

彼女の内面を表現しているみたいにツインテールが派手に動く。

この流れで友達……。

僕視点で言わせてもらうと、どこにその要素があったのって話なんですけどね。

「あんたが、この街にきて初めての友達よ」

彼女は嬉しそうに歯を見せて笑った。

ミラはかなり強引なタイプで、なにか美味《おい》しいものを教えてよと迫ってきた。

でもいまの時間帯は、どこの飲食店も混んでいる。

彼女は並ぶのが好きじゃないというので、屋台で牛肉の串刺しを購入した。

一本でもボリュームがあるんだけど、ミラはなんと十本も買った。

自分のお金だから僕は文句ないが、そんなに持てるのだろうか。

「スキル見たでしょ？　平気よ」

「あっ、異空間保存か」

得意げにミラは頷《うなず》いた。

彼女は最高ランクのSなので、すごい量が入るのだろう。

劣化を防ぐだけじゃなく温度などもそのままだから、すぐにしまえば熱々のまま食べることが可能だ。

僕も一本購入して二人で公園へ。

少し距離を開けつつ、ベンチに並んで座る。

「ミラは外国からきたの？」

服装は品があって、お嬢様の出自って印象を受ける。

ただデザインが、この街ではあまり見かけないような気がした。

「やっぱりわかる？　アタシはナホド皇国のスロープから来たの」

「留学生？　それとも親の事情とか」

「うちの家って武具店なんだけど、この国にも商売を広げるらしいのよ。パパと一緒に立地探し」

「もう住む場所は決まってる？」

「アタシは長期滞在はしないわ。パパの付き添い以外にも、個人的に用があったわけ。だから一緒についてきたけど、用が済んだら帰る」

観光も兼ねてって感じなのかな。

それにしても食べっぷりがすごい……。

僕が串焼きを一本食べる間に、彼女は三本ペロリといった。

異空間から次々に出しては幸せそうに口を動かす。その姿だけみたら本当に年相応の女の子に見える。

「勘だけど、ノルって貴族？」

「当たってるよ。まあ、名乗ると嗤《わら》われることもある準男爵だけど」

「アタシが、あんたを嗤うように見える？　どうであろうと貴族なら堂々と名乗りなさいよ」

なんか説教されてしまった。

「ところでさ、ノルならいい不動産屋知ってるんじゃない？」

「幼なじみの知り合いで、最近紹介してもらった人ならいるよ」

「えー幼なじみいるの⁉　いいなー」

不動産屋よりそっちに食いつくんだ。

目をキラキラさせながらミラは僕にエマのことを色々と尋ねてくる。

幼なじみって関係に憧れがあるらしい。でもこれ、ミラだけじゃないんだよね。

結構色んな人から言われるのだ。特にエマみたいな可愛《かわい》い幼なじみがいるってのは、男子からすると相当羨ましいんだとか。

僕は小さい頃から当たり前になっていたけど、もう少し環境に恵まれていたことに感謝しようかな。

幼なじみの話が終わってから、ようやく不動産屋の話に入る。

「そういや、いい不動産屋知ってるんだっけ？」

「むしろ、そっちが話のメインだったよね」

「アッハ！　アタシって興味あるもの見つけると熱中しちゃうタチで」

ミラは僕の両肩をしっかりと摑《つか》み、女神みたいな微笑《ほほえ》みを湛《たた》える。

「紹介してほしいの。ノルとアタシって、友達だもんね？」

「都合のいい友達扱いな感じが……」

「そんなことないない！　紹介してくれたらアタシの……」

自分の胸元の服を軽く引っ張って、ミラははにかんだ表情を浮かべる。

む、胸を触らせるとか、見せるとか、そういう話に持っていくつもりかな……？

「ツインテール触っていいよ」

ズコーッとこけそうになった。

「あ、バカにしたでしょ？　アタシのツインテールは普通じゃないのよ。ほら後ろに回って握ってみて」

よくわからないけどベンチの後ろに回って、ミラの髪の毛をそれぞれの手で握る。

「アタシの本体、実はそこだから。アタシの強さの秘密もそこ。つまりいまノルは……アタシをどうとでもできんのよ。試しに右側、引っ張ってみて」

「はいはい……」

おふざけに付き合ってあげて、右側のテールを痛まない程度に引っ張ってみた。

「ああノル様、素敵、イケメン、かっこいい！　優しそうな中にも強さを秘めた最強の男子！」

「きゅ、急にどうしたの」

「右は本音が出てしまうのよ。左もやってみる？」

ミラはいたずらっこみたいな顔で言う。

明らかに僕を使って遊んでるよなぁ。

まあ少し興味はあるので、左も同じようにしてみた。

「ああん！　そんなとこ、ダメェ！　そこは一番おかしくなっちゃうとこなのっ。ノルのエッチィ！」

「やっ、おかしいでしょ⁉」

「キャハハハッ、おかしーのはノルだってば〜。その反応、普通におもしろい」

僕はミラにジト目を向ける。

やれやれ、彼女にとって僕はおもしろいオモチャなのかもしれない。

「うん、それじゃ僕は帰るよ。頑張って不動産屋見つけてね」

「あ、うそうそ。ごめんごめん、お願いだから紹介して？」

「……わかったよ。でも、こっちも一点お願いがあるんだ。もしいらない魔道具や武器があったら安く譲ってくれないかな？」

武具店なのであれば、一般人よりも魔道具や普通の武器についての情報も多くなるはず。

ちなみに変換は、普通のアイテムや武器でも可能なので、安い武器でも大量に得られればかなり有効だ。

「まかせなさいっ。パパがアタシについてきてほしかった理由、ノルならわかるでしょ？」

僕は彼女の父を知らない。

でも少し考えれば簡単にわかることでもあった。

「そうか、異空間保存で武器を……」

「あったりー！　アタシは運び屋のお手伝いもしてたの。もちろん報酬は、たくさんいただくわ」

だから串焼きの大量買いも躊躇《ちゅうちょ》なかったんだ。

ミラは公園から、外観が少し確認できる宿屋を指さした。

「あそこに泊まってんの。不動産屋に話がついたら、訪ねてきて」

「数日中には、いくようにするよ」

「助かる～！　じゃあねノル、また」

ミラは胸の前で可愛らしく手を振ると、公園から出ていく。

僕はその後ろ姿を見送りながら、新しい友達ができた喜びを感じつつ、奇妙なことに気づいてしまった。

あれ、なぜだろう……？

不思議なことに、どういうわけか100LP増えていたんだ。

一体どこに要素があったんだろう。

やっぱり左のテールを操縦したときだろうか？

◇◆◇

本来の用事を思い出した僕は急いで公園を出た。

すっかり流されてしまったけど、本当はルナさんに会いにいく予定だったのだ。

大賢者、ルナ・ヒーラーの居場所を教えてくれ。

【北西389メートルの位置にいます】

意外と近い。大通りでもなさそうなので比較的探しやすい。

僕はそちらに急ぐ。道を突っ走っていると視界の端っこにスタイル抜群の女性を捉えた。

ルナさんだ。目立つのでこういうときは特にありがたい。

彼女はなにか買い物を済ませて、店から出てきたところだった。

「遅くなってすみません」

「ノル殿、きてくれたのだな。実は私もこれからギルドにいこうとしていたのだ」

「僕に話があるってことでしたよね？」

「うむ、食事でもしながらでは？　実は、変わったお店を見つけた」

「おお、いいですそれ！　いきましょう」

珍味で美味しかったりするとＬＰの上がり方がいい。

多少高いとのことだけど、迷わずに利用させてもらう。

お店にいくと、やはり高級店のような雰囲気があった。店内も席は区切られていて、プライベートが確保できる。

向かい合って席について店員にメニューを教えてもらう。

「珍味をお求めでしたら、ハイテンション唐辛子麺をおすすめします」

名前からしてもうハイテンション！

青唐辛子をすりつぶして乾燥させたものに、他のスパイスなどを入れたものらしい。

スパイスなど、の『など』にはなにが含まれるかは教えてもらえなかった。怖い。

「こちら辛いし食べ終わった後は変なしゃっくりが出ますが、味は美味しいです」

「……僕は食べてみます。ルナさんは？」

「私はちょっと……。しゃっくりも困るというか」

「発汗作用、内臓刺激などにより、お肌がとても綺麗《きれい》になります。女性にも大人気なのですよ」

「うむ、頼もう」

ルナさんも美容に興味があるようで。ただでさえ綺麗な上に、種族はハーフエルフ。長期的な美が約束されているのに向上心高いんだな。

料理待ちをしている間に、彼女は本題に入る。

「ノル殿が魔道具感知のアイテムを探している、とローラから聞いたのだが」

「ええ、スキルを創ってもいいんですが結構高いので」

「聖堂に通う者の中には、たまに貴族もいる。その中にアイテム収集家の男性がいるのだ。彼が所持しているらしい」

「本当ですか⁉　売ってもらえたりします？」

「まだわからない。ただ彼の家を訪ねる許可はもらっている。明日にでもいこうか？」

「ぜひお願いします！　アイテム収集があるとＬＰがより貯《た》めやすいので」

承知した、とルナさんはうなずく。

毎日大量の患者を診ることもあって、人脈がすごい。僕と出会う前から【解呪】で多くの人を救ってきている。

そういう人柄に惹《ひ》かれる人も多いだろう。いいタイミングで、料理が運ばれてきた。

「うっ……」

「こ、これは……」

　僕らはドン引きする。

　赤と緑が混じり合ったスパイスが白い麺の上にたんまりのせられていた。

　スープはなく、このいかにも辛そうなスパイスを麺に絡めて食べるのが流行《はや》っているのだとか。

　頼んでしまったのでもう引き下がれない。

　喉をゴクリと鳴らし、僕とルナさんは激辛の世界にチャレンジする。一口入れたときから口内に広がる暴力的な辛さ。

　頭皮から額から背中から、汗がドッと噴き出る。

「あれ、でも……」

「意外と、後味が良いな」

　そうなんだ。食べたときはインパクトが強いけれど、後に残りにくい。辛いのって大抵舌が熱くなって、辛い状態がそのまま続く。でもそれがない。

　冷やされた麺とも抜群に合う。会話も忘れて、気がついたら器を空にしていた。

「思ったよりずっと良かった。これが人気になるのも納得できます」

　そこまで珍味でもなかったが、６００ＬＰも入ったので大満足だ。

「ではノル殿、そろそろ出ようヒックラション！」

　クールな口調からのヒックラション。ルナさんの身になにが起きたというんだっ。

「いまのって、なんですヒックラション！」

ひっく、としゃっくりした後にくしゃみが出てしまうのだ。しかも上手《うま》い具合に繋《つな》がっている。

なんでそんなところで協力しちゃうんだ……。

「これは参ったヒックラションッ」

「ヒックラション！　そ、そうですヒックラション！」

わりと頻度が高くて普通に困るんですけど。

喋《しゃべ》ると出やすいみたいなので僕らは無言で会計を済ませて店を出た。ヒックラションさようならをしてから、僕らはそれぞれの帰路につく。

自宅につく頃には、抜けてくれたので助かった。

一晩中あれだったら泣くところだったよ。

玄関を開けてただいまと告げても誰もこない。リビングでなにか起きているっぽい。

なんだか盛り上がっている声が聞こえてくるのだ。中に入ると、みんなが興奮していた。

原因は、テーブルの上に置かれたとんでもない大金だ。山のようになった硬貨の前に、特に父上がおかしい。

「オリヴィア様～、これ少し、分けてくれたり？」

『どうしよっかなぁ～。五回、回ってワンワンワン』

「ワンワンワオーン！」

金の暴力の前に、父上には砂粒ほどのプライドも見られない……。

いつものことなので逆に安心した。

これで抵抗してたら逆に熱があるのか疑うレベルだよ。っていうか僕だって、目が眩《くら》みそうだ。

「お兄様、見てくださいっ。オリヴィアさんが、突然テーブルに大金を出したんです」

アリスが駆け寄ってくる。

師匠も【異空間保存】はあるだろうからそこは驚かない。

「師匠、変なことして得たお金じゃないですよね？」

『師匠を疑うなんて、ノルくんってば酷《ひど》い〜。これはねー、ちゃんとした交渉だよー』

「詳しく聞きたいです」

師匠の話に耳を傾ける。師匠は物を持ち歩いたり、保存するのがあまり好きじゃない。すぐ忘れるからだそうだ。でも強力な魔道具などは、さすがにいくつか保存していた。

その存在を思い出して本日使ってみたが、特に要らないと判断した。

邸宅のこともあり、少しはお金にしようと武器屋にいったところ30万リアで買《か》い叩《たた》かれそうになった。

師匠はぶち切れた……と思いきや踏みとどまったそうで。

『オリヴィアもキレそうになったけど、近くにいたおじさんがさ〜、声かけてきたのよ〜。高額で買い取らせてくれって』

要するに、武器屋の主人よりも客の方が価値をきちんと理解していたってこと。

『イケメンなおじさんだったし、オリヴィアは特別に値引きしてあげたよー。三億に』

「値引きして三億……。どんな武器を売ったんです？」

『異空の槍《やり》って武器なんだけどね～。あんまり強くないんだ。ノルくんにあげても良かったんだけど、お金稼ぐ方が先かなって』

「師匠の邸宅は僕が払うから良かったのに……」

『だってぇ～、弟子に大金払わせる師匠はゴミだって虎丸がいじめるし～』

『ウム、間違ってなかろう』

虎丸がウンウンと頷いている。僕のこと気遣ってくれたんだね、ありがとう。

でも師匠の花いじりの前にあっけなく凜々《りり》しい顔つきは崩れ、ふにゃふにゃな感じになってしまった。……がんばれ。

「お兄様、邸宅に回すはずだった資金は、ご自分のためにお使いくださいね」

「ありがとうアリス。僕も武器を買おうかな」

「ノル、父にへそくり渡すのも忘れずに、な？」

父上がウインクしてくるので僕は顔をそらした。父上に大金を渡すと、必ず変なことに使ってしまうからだ。

「あなた、息子にたかる親がいますか。前世、ハエなのかしら？」

母上に余ったお腹《なか》の肉をギュウと摑《つか》まれる父上。

虎丸と父上の奇妙なハーモニーがスタルジア家に響いた。

我が家は、にぎやかだなぁー。

4話　モンキーとプレゼント

翌朝、僕は日課の剣の稽古をしてから朝ご飯を食べて出発した。

午前中はエマに紹介してもらった不動産屋との話し合いになる。

もちろん師匠も連れてきた。

購入予定の邸宅前には、すでにドマドさんがいた。挨拶もそこそこに師匠を紹介する。

「こんにちは、この人が邸宅購入予定のオリヴィアさんです」

「初めまして。この度は、まことにありがとうございます」

『くるしゅうない、くるしゅうないぞ下民よー』

師匠特有のふざけたノリなんだけど、ドマドさんは面食らっている。慣れてください、としか僕は言えない。

僕らは邸宅の中を見て回る。いっぱい部屋はあるし、リビングなどもかなり広い。

ただ細かいところが結構気になるようで、師匠はあれこれ指示していた。

ドマドさんは真面目で、あれこれメモを取っていた。

オプションになるので追加料金はかかるが、師匠は少なくとも三億はある。

金銭面は問題なさそうかな。

「師匠、この家で決定ですか？」

『おっけー。広々としているし、オリヴィアの趣味にも合うしね～』

スムーズに話が進みそうで安心した。

手付金を少しだけ支払い、あとは引き渡し日に残りを一気に払うみたいだ。

家具などは前の人が残したのを掃除して、再利用する。

もう少ししたら入居可能ということで話がついた。

それとミラの件も話しておいた。客が増えるのは大歓迎だそうで、明日にでも紹介してほしいと言われた。

邸宅の外に出ると、師匠は両手をあげて伸びをする。

「師匠との生活もあと少しってことですね」

『ノルくんの貞操、それまでに奪っちゃうぞ～！』

「それ、本人の前で言うことじゃありませんよ。そして道で人の注目浴びながら言うことでもないです。ということで、僕は他人のフリをさせてもらいます。それではっ」

僕は師匠から全力ダッシュで離れると、ルナさんとの待ち合わせ場所に急ぐ。

途中、エマに偶然出会った。

「ノル～、なにやってんのー？」

「いま、師匠の家を決めてきたとこなんだ」

「オリヴィアさんは？」

「あっちにいるよ。もし暇だったら相手してあげて。それじゃ」

エマの修行の件は、一応話は通してある。

引き続き、待ち合わせの武器屋へ。

場所は僕が指定した。

武器を少し漁《あさ》ろうと思っていたからだ。

ルナさんはまだきていないので店の中に入る。

店内に飾られてある立派なものは一旦無視して、雑に置かれている安い剣などを触っていく。

手に取れば、どのくらいで変換できるかはわかる。

ここの安い剣は大体、10ＬＰ～100ＬＰほどでの変換となる。

数十ＬＰでも十本買えば数百。100なら一瞬で1000にもなる。決してバカにはできない。

とはいえ、お金も無限じゃないのでなるべく変換効率が良い物を選んだ。

十本まとめて買うと店主が不思議そうに話す。

「兄ちゃん、そんなに買ってどうする？」

「ハードに稽古をしているので、すぐ刃がダメになりまして」

「オッ、いいね！　頑張るあんたに一本プレゼントだ」

店主から細剣をおまけしてもらえた。武器屋でこういうのはかなり珍しい。

変換では80ＬＰにもなる。ありがとうございます！

ルナさんを待つ間、僕は購入した武器を変換していく。

計十一本で、880ＬＰになった。いい感じだ。少しして、ルナさんがやってくる。

「早いな。まだ時間まで十分以上はあるぞ」

「早めにきて武器を買ってたんです。すでにＬＰにも変換しました」

「休日だというのにノル殿は熱心だな。私も見倣おう」

「いや僕は自分のためですから。聖女として他者のために働くルナさんには負けます」

「照れるな……。で、では、貴族の家へいこうか」

本日向かうのは、ドロワー男爵家だ。

シューレン・ドロワーさんは四十五歳になる独身男性らしい。

離婚して独り身とかじゃなく、ずっと独身を貫いているとか。これはかなり珍しい。

貴族の男性は遅くとも二十代後半には結婚することが多い。

男爵家ならば結婚相手がいないってことはないだろう。

メイドは雇っているが生活が不規則なため、よく体調を崩してルナさんの元にくるらしい。

「彼の趣味は魔道具集め。どうやって集めるのかと私が興味本位で尋ねたら、集める道具があると話していた。しかも二つあるというのだ」

「それは、すごいですね……」

二つあるなら、交渉次第では片方譲っていただけるかもしれない。

男爵家の自宅に到着する。

意外にも、それほど大きくない。

一般家庭よりは立派だけど、貴族にしてはまずまずといった様子。あ、僕の家よりは立派でした。

庭で草刈りをしていた老人が僕らを見て、玄関まで案内してくれた。

そこからはメイドにタッチでシューレンさんの自室へ。

「シューレン様、ルナ様がいらっしゃいました」

「ミレンカ、入ってもらってくれ」

僕らは室内にお邪魔する。

シューレンさんは背が高く、キリッとした目つきをしている。

想像よりずっとイケメンだ。けど、よく見ると目の下に濃いクマがある。

机の上に本が何冊か置かれているので徹夜してたのかな。

「また寝不足のようだな。いくら私のヒールショットでも治せないものもあるぞ」

「アハハ……そう怖い顔しないでくれよ。ルナくんには感謝してるんだよ。そちら、お友達かな？」

「うむ、彼が私の友人だ」

僕は頭を下げ、自己紹介をした。

「君がスタルジア家の人か！　公爵令嬢を救ったというのは君かな？」

「ルナさんや友人と協力して、呪いを解きました」

「……すごいな。実は、ぼくも彼女の呪いを解くために魔道具を駆使したんだ。でも希少な魔道具の力をもってしても、解呪は叶《かな》わなかった」

シューレンさんは少し悔しそうな表情を滲《にじ》ませた。

でもそれは、すぐに晴れやかなものに変わる。

「英雄に会えて嬉《うれ》しいよ！　魔道具について聞きたいんだって？　なんでも答えるさ」

とても好意的なムードなので僕もリラックスできる。

単刀直入に【魔道具感知】のアイテムを探していること。

高くても良いので譲ってほしいこと。

もし無理なら、入手経路だけでも教えてほしいという旨を伝えた。

「なぜ魔道具を集めたい？」

「活用してダンジョン攻略をしたり、僕自身の強さに繋《つな》げるためです」

「実用性を重んじるか。素晴らしい！　ぼくはコレクターとして集める面が大きいから。ちなみに入手経路は外国だよ。それも別大陸に渡って手に入れた」

僕にとってはネガティブな情報だ。

さすがに海を越えて購入してくる時間はない。

それだったらスキルを創ってしまった方が楽だし早い。

「とはいえ公爵令嬢……マリアさんを助けた君になにもしないのは忍びない。二つ持っている内の一つを格安で譲ろう――」

「いいんですか！」

「――条件付きだけどね」

ニッと歯を見せてシューレンさんは笑った。

五日後、彼の両親が家にやってくる。

両親は、いい年なのに嫁を取らない彼に苦言を呈している。

ことある度に孫の顔を見せろとプレッシャーをかけられる。

そこで、両親を僕らが黙らせてほしいとのこと。

「黙らせるってのは、力ずくで頼むよ。実際両親は、魔道具使ってでも自分たちに勝てたなら、口うるさくしないって約束してくれた」

「ご両親のご年齢は？」

「二人とも今年で六十五歳だ。でも油断しないでくれ。二人ともめちゃくちゃ強い。誰かを雇うのもありと言われている。それも実力のうちだってさ」

話を聞く限り、寛容な両親に思える。

シューレンさんは肩を落とし、いままで十人雇ったけれど全員返り討ちにあったと教えてくれた。

両親は、いまも魔物をバリバリ狩っているというからパワフルだ。

「ぼくは両親の血を引いてるわりに戦闘が得意じゃない。魔道具にこだわるのは、そういうコンプレックスもあるのかもなぁ……」

「私は良いと思うぞ。人は足りないものがあり、それを補うために頑張る。そこを見下す人間にはなりたくないものだ」

「きみは、やっぱり最高の聖女だよ。それで戦闘方法なんだけど、君たち二対二でどうだろう？」

一対一での勝利でも大丈夫らしいけど、どうせなら両親とも倒したい。

そういう考えがシューレンさんにはあるようだ。

僕のほうは問題ない。ルナさんは……

「いいだろう。私も手を貸そう」

「僕の問題なのに、助かります」

「同じパーティーの仲間が困っている。私の銃を使わぬわけにもいくまい。それと興味もあるのだ、そのご両親に」

六十五歳で現役バリバリはすごいよね。

「ノルくんとルナくんで勝てなかったときは、ぼくは諦めて結婚するよ。両親には話しておくからよろしくね」

両親との勝負は五日後、この家の庭で行われる。

僕らはシューレンさんの家を後にする。

ちょっと気になったのでルナさんに尋ねてみた。

「シューレンさんは、なんで結婚したくないんでしょうね」

「魔道具集めをまだしていたいらしい。だが、ときどき寂しそうな目はしているのだ」

生活を安定させるためにも結婚した方がいいんじゃないのかな。

と、ここでシューレンさんの家からメイドさんが出てきて、僕らのことを追ってきた。

ミレンカさん、だったかな。

「お二方、シューレン様がお伝え忘れたことがあると。よろしいですか」

「はい、教えてください」

「父は厚手の鎧《よろい》を着るので中途半端な攻撃は届かない、気をつけて――だそうです」

「了解です、わざわざありがとうございます」

ミレンカさんはぺこりと頭を下げ、踵《きびす》を返《かえ》す。

三十歳前後かな？　誠実そうな女性だ。

メイド服も着こなしていて、きっと素晴らしい仕事をするのだろう。

「少し待ってくれ」

ルナさんは、なぜか彼女を呼び止めた。

「シューレンさんは、恋仲の女性などいないのだろうか。知っていたら教えてほしいのだが」

そう言って、ルナさんは硬貨を取り出した。

僕は正直驚いた。ルナさんってこういう交渉をするんだと。

「……お受けできません。シューレン様の許可をいただかない限り、なにも話せません」

「なるほど、その通りだ。無粋なことを聞いてすまない」

「いえ、私のような下女が聖女様に失礼な真似《まね》をしました。失礼します」

彼女が去った後、僕はなぜお金を払ってまで聞き出そうとしたのかを尋ねた。

「主人をすぐ売る従者に囲まれては、可哀想《かわいそう》と感じたのだ。試す真似をして、失礼なことをした」

ミレンカさんは、簡単には主人を売らなそうだから安心だね。

シューレンさん、慧眼《けいがん》の持ち主なのかもしれない。

さて、僕らはタッグ戦の練習も兼ねて、ギルドの依頼をこなすことにした。

練習がてらお金も稼いでしまおうってわけだ。

オーディンは相変わらず、いつにもまして大盛況。

他ギルドとの新人争奪戦で、比較的勝利を収めているらしい。

ラムウ、イフリート、シヴァ、それ以外にもギルドがある中でオーディンを選んでもらえるのは嬉しい。

僕らはいつも通り笑顔を振りまくローラさんに挨拶した。

「新人も増えて順調みたいですね」

「そうなんです。でも来月が本番なんですよ。毎年、田舎から人が出てくるので。他のギルドも、いまはそこまで本気じゃないんです」

来月、熾烈《しれつ》なスカウト戦があるようだ。

ギルドが栄えるのは優秀な冒険者がいるから。

前途有望な若者を独りでも多く引き入れるのが繁栄の鉄則ってことか。

僕らはいい依頼がないか紹介してもらう。

最近ハンドモンキーという猿の魔物が森で暴れ回っているので、その死体がほしいという依頼だ。

「ハンドモンキーは他の地からやってきたため、あまり生態がわかっていないんです。ノルさんなら死体ごと収集できるのでお願いしたくて」

「報酬も多めですね。倒したら持ってきます」

「気をつけてくださいね。うちの冒険者が一度撤退しています。それと依頼が終わったら、ノルさんにギルドからお話がありますʼ」

「ギルドから？」

僕が不思議がっていると、ローラさんが口にひとさし指を当て、囁《ささや》いてくる。

「私からもお話が、あ、り、ま、す。楽しみにしててくださいね～」

ぷるぷるした唇をゆっくりと動かし、ローラさんは扇情的な態度を取る。

僕は顔がちょっと熱くなるのを感じつつ、冷静を保った。

依頼の森へいく前に、ルナさんの提案で道具屋に立ち寄った。

猿系の魔物に有効なアイテムがないかを探すことにしたのだ。

女性店主に質問したところ、棚から一つの球体を取り出した。

「猿には、蚕蜘蛛《くも》の作る繭を利用して作ったボールがいい。粘着性があるの」

普通の蚕の吐く糸は絹糸になったりするけど、蚕蜘蛛はベタつきが酷《ひど》くて普通の用途には使いにくい。

それで蜘蛛なんて名前がつけられたとのこと。

でも蚕蜘蛛の糸はアイテムを作るのには役立ち、それがこれだ。

特にスキルは入っていないが、粘着性があるのでぶつければ不快になる。

ただ、不快になるだけじゃ、あまり意味ないよな。

「猿に有効な理由は、あいつらが木々を移動するから。つまり枝にこれをつけておくのよ」

あーそういうことか。

木から木へ移動する際に、これを触ればまともに行動できなくなる。

バランスを崩して、猿も木から落ちる状態になったりすると。

その隙を逃さなければ勝利できるってわけだ。

「だが、なかなか難しいだろうな。どの木を使うかはわからない」

「ですね。ある分だけ購入して、色々試していくのがいいかな」

店にストックは二十個あり、一つ三千リアで購入できる。

依頼の報酬は成功すれば三十万と高めだ。

ルナさんと相談して、ここはすべて購入することにした。

「マジ？　これ全然売れないのよ。ありがた～い。ちょっと安くしておくね」

二千リアおまけしてもらった。

まあ今回の魔物に使えなくても使い道はあるだろう。僕は商品を早速調べる。

蚕ボールは、中に砂を詰めた丸い袋が入っている。

これに糸を多重に巻き付けてボール状にしているのだ。

なぜこんなことをやるかといえば、糸だけだと軽すぎて飛ばないからだね。

「それはノル殿が使ってもらえるか？」

「了解です。ルナさんは銃がありますもんね」

準備も整ったので、僕らは森に向かった。

◇
◆
◇

エマは、ノルにオリヴィアの居場所を教えてもらった後、小走りで探しにいく。

スタイル抜群の水色髪は珍しいので、すぐに発見できた。

「オリヴィアさーん、探してたんだ」

『あ～、キミは……誰だっけ？』

エマはコケそうになる。

ふざけてやっているわけじゃなくて、真面目に忘れているようなので余計残念だった。

「ノルの幼なじみのエマだよ！」

『あーそうそうー。で、なんの用かな？　ノルくんを狙うなら師匠のオリヴィアを通してね～』

自分のほうが付き合い長いのに……と感じたものの、エマはスルーして本題に入る。

修行をつけてほしいとストレートに告げた。

そして一秒で断られた。

食い気味の即答にショックは受けたが食い下がる。

なんとしても強くなりたいと主張した。

さすがにオリヴィアも少し態度を軟化させた。

『なんで強くなりたい？』

「ノルがすごく成長していくから、あたしもついていきたいの。今度の学年王では、ノルに勝ちたいって思ってる」

『ノルくんに勝ったら逆に嫌われそう〜』

ウッ、とエマは少し唸《うな》る。

だがちゃんと計画があるのだ。

勝利した後、アイテムや魔道具を譲るつもりだとオリヴィアに伝えた。

それは男のプライドを余計に傷つけるやつだとオリヴィアは言いかけて、おもしろそうだから黙っていることにした。

オリヴィアは気まぐれで、特別にレッスンをつけてあげることにする。

『ノルくんは日々成長してる。エマちゃんじゃ、普通に戦っても勝てないからねー、あははは』

「え、笑うとこ……？」

だがエマは反論できなかった。

その様子を受け、オリヴィアは急に顔つきを真面目に変えて勝つための作戦を伝える。

『そのスタイル、利用すべしっ。ってかオリヴィアより胸も大きいし、絶対上手《うま》くいくと思う』

エマは色仕掛けには、あまり乗り気じゃない。

だがオリヴィアに、勝ち方に拘《こだわ》っているようでは二流と諭された。

なにがなんでも勝つ。勝ち方に拘るのは絶対に勝てる相手だけにしろと言うのだ。

実際動物の世界でも昆虫の世界でも、無論魔物の世界でも、勝ち方に固執する生物などいない。

強い者が勝つ。勝った者が強い。ただそれだけ。

そんな風に入れ知恵をされ、エマの気持ちも変化してきた。

「……うん、やろっかな。どうやったらいい？　教えてオリヴィアさん」

『ほいきた～、待ってました～！』

オリヴィアがここぞとばかりに色仕掛け戦法を伝授する。

まずは豊かな胸を無駄に揺らす動き方。

さらに胸の谷間を強調するような服を身につける。

スカートの裾はわざとボロボロにし、あと少しあげたら見えるような状態にする。

アホらしい戦法に、エマはすっかりやる気がなくなっていく。

『これが有効なんだってぇ～。見えそうで見えない。人はそこに固執する。それに男子は下半身が元気になると、なぜか腰を引いて隠そうとするんよ～』

にゃははは、と大笑いするオリヴィア。

男性は自分が欲情していると他人に知られるのが恥ずかしい。そのため腰を引く。

当然、その体勢では戦闘能力が落ちる。

いわゆる腰が引けた、という体勢を意図的に引き出せるのだ。

エマにはいまいち意味がわからなかったが、有効そうだとは感じた。

『エマちゃんは両手短剣術だから最高！　胸を寄せてあげながら戦えるしっ』

「そんなの、本当に通じるの？」

『絶対いけるよ～。その体は武器。むしろオリヴィア、ちょっと嫉妬してる』

「でもオリヴィアさんだって……」

『違うんだなぁ～、これはスキルの力なんだなぁ～』

オリヴィアは遠い空を見つめ自分語りを始める。

オリヴィアの母、メルナはスタイルが抜群だった。

自分もいつかは母のようになると信じていたのだが十四、五歳になっても一向に成長しない。

背丈こそ伸びるが、胸が膨らんでくることはなかった。

おかしいと思って問い詰めた結果、母親は【巨乳】で肉体改造していたことが判明。

その際に、メルナが得意げに言っていたセリフが、

『遺伝を、運命を、あたしは自分の力で変えてみせたんよ、きゃはははは！　って言ってたんだよねー』

母に倣って、オリヴィアも同じ道を選んだというわけだった。

その話を聞いたエマがまず思ったことは、スキルについてだ。

「オリヴィアさんのお母さんも、創作や編集を使えたってこと？」

『そゆこと。めちゃくちゃ強かったよー。メルナって聞いただけでビビる人もいたしね～』

「ちょっと待って、メルナ・サーヴァントって……」

育成校のとき、世界史の授業で習った内容をエマは思い出した。

確か妹もいて、二人は世界を支配しようとしていた悪の組織を壊滅させたのだ。

巨大組織はすでに世界に根を張り、征服一歩手前だった。

そんな相手にも果敢に戦いを挑んで見事に勝利を収めた。

もし彼女がいなかったら、いまの世界はなかったかもしれない。それほどの大事件だったのだ。

『ママ生きてるのかなー。案外、人生に飽きて延命しなかったかも。もし生きてたら、ノルくんに会わせてみたい』

ＬＰが桁違いに貯《た》まっていたとオリヴィアは話す。

人間なので普通なら亡くなっているが、長寿系のスキルを創ればその限りではない。

「メルナさんって、オリヴィアさんみたいに奔放な人なの？」

『ママから言わせると、オリヴィアって結構真面目らしいよっ』

うん、ノルには会わせたくない。

エマは心からそう思った。

◇
◆
◇

街の近くにはいくつか森があるけど、今回いくのは小森だ。

歩き回れば、遭遇率はかなり高まるだろう。

「ノル殿、実は見てほしいものがある」

森に入ってすぐ、ルナさんが魔法銃をホルダーから抜きだした。

そして近くにあった大きめの石に銃口を合わせて、ズドン――。

【エナジーショット】のときとは音の質がだいぶ異なる。かなり重たい感じだ。

そしてショットのサイズも大きめで、スピードは遅めだった。

ところが的に直撃した瞬間、石は遥《はる》か遠くに吹き飛んでいく。

空中で分解もしていたので、その威力たるや目を瞠《みは》るものがある。

「インパクトショット。強い衝撃を与えるショットを覚えたのだ」

「かっこいいです！　その辺の魔物なら一発で倒せますよ」

「みんな強くなっていくからな。私も置いていかれてはなるまいと必死なのだ。ちなみに次はヒールショットの上位版を覚えたい」

エマもそうだけど、僕の周りの女性はみんな努力家だなー。

回復サポートは本当に貴重なのでルナさんがいると心強い。

「スキルではないんですが、僕も思いついたことがありまして」

さっき購入した蚕ボールを取り出す。

これは粘着性があるのがウリだけど、実はとても使いづらい。

強力な粘着ゆえに、手からボールが中々離れないのだ。

グローブをはめるともっと酷くなる。

素手の指先を使って触れる面積を減らし、投擲《とうてき》しなくてはいけない。

これじゃ精度が絶対に落ちる。試しに木に向かって投げてみた――が、指から離れない。

「こりゃ売れないのもわかるよ」

「粘着力が強すぎるのだな。それでは使い物にならないか……」

「いえ、僕自身が変われば大丈夫」

解決策は【粘着耐性】を創ることだ。

Ｃで４００、Ｂで６００、Ａで１０００、Ｓで１５００ＬＰだ。

蜘蛛の魔物とかにも有効そうなので、Ｓを獲得しておく。

蚕ボールが途端に使いやすくなった。ベタつきがかなり減ったんだ。

シュッ――ベチャ！

かなり自然な感じに投げられるようになったな。

【投擲Ｂ】もあるので、それを活《い》かすこともできる。

「やるではないか！　どういう仕組みなのだ？」

「粘着耐性Ｓを創ったんです。普通の感覚で投げられるようになりました」

「ふむ、さすがノル殿。これなら十分すぎるほどの戦力になるぞ」

あとは敵を見つけるだけだ。とりあえず奇襲に注意しながら二人で森を探索する。

たった十分ほどの間に、猛獣の死体を何体も見つけた。

しかもすべて木陰に移動してあったり、上に草を載せて隠そうとした痕跡がある。

あとで食べるつもりなのかもしれない。

猿はかなり頭が良い。

魔物となれば知性がさらに増すこともある。ルナさんが柔らかい地面を調べ、なにかを発見する。

「足跡だ。しかも複数ある。猿の足に形状は似ているな」

「群れっぽいですね。大賢者で直接居場所を聞きます」

【北に231メートル進んだところにいます】

頭痛はない。追加で数も聞く。

【十二体です】

思ったより多いな……。ルナさんにも伝えると表情に陰りが出た。

ゴブリンとかなら問題ないんだけど、情報がない相手で知能が高いってのがネックだ。

「一体だけでも死体を持ち帰りたいです」

「そうだな、全部は倒さずとも良い。状況を見て対応しよう」

僕は奇襲を仕掛けることにした。

体勢を低くして進み、なるべく木の枝などを踏まないようにする。

木陰、灌木《かんぼく》などを上手く利用して目的地に到着した。

……いた。ハンドモンキーたちは食事中だ。なにかの死体を囲んで食べるのもいれば、木の実を食しているやつも。

見た目は腕が異常に長い。

普通に立つと余裕で地面についてしまう。体躯《たいく》は僕らと同じくらい。

体毛は長く、体はどてっとして、オランウータンに似ている。体毛の色が黄色く、目が赤い点は大きく違うな。

レベルはまちまち。レベル80が一番高い。低いのはレベル20。

スキルは【俊敏】【木登り】【投擲】【握力】【怪力】あたり。

接近戦も中距離もこなすのか。結構強敵かもしれない。

「個体差があるけど、強めです。十二体は難しいですね」

「やはり、一体倒して逃げるべきか。あの動いているのを狙ってはどうだろう？」

食事を終えた一体が木から木へ長い腕を使って移動している。遊んでるんだと思う。

レベルは32でスキルはまずまず。

作戦を立て、実行に移す。

僕は、猿が木の枝から枝へ移動した瞬間を狙う。

いざ、蚕ボールを投擲！

「キ……!?」

蚕ボールは、ハンドモンキーの指と枝の間に炸裂《さくれつ》した。決まると気持ちがいい！

ハンドモンキーは突然のことに焦るが、粘着力が高くてぶらさがっている状態になる。

僕は灌木から飛び出る。

ズギュン、ズギュン。

後方から二発銃声がした。一発目でハンドモンキーの手首を削り、もう一発で残る肉を切断する。

手首だけを枝に残して落下するハンドモンキー。

「ニッ、ニンゲンッ！」

喋《しゃべ》るのか……。仲間たちが僕に気づいた。

構わずダッシュして、僕はもがくハンドモンキーの額に剣を突き刺した。

少しバタついたが、即死した。すぐに死体を異空間に収納して振り返り――

「うっそ……」

すでに囲まれていた。速い、な……。

地面、木の上に陣取り、こちらを睨《にら》み付《つ》けている。

「ゴロジデ、クウ……」

「クウ！」

「シ、ネ！」

正面のが長い手をぶん回してきた。しゃがむ。

「ぐぁっ⁉」

当たってないのに肩に衝撃が走った。木の上にいるやつが、木の実かなにかを投擲してきたのだ。

【石壁】を作って、障害物を置く。でも一時しのぎに過ぎない。

ただ、ここで横にいた猿が体ごと吹っ飛ぶ。さらに他の猿もそうなった。

重たい銃声の音で、ルナさんのサポートだとわかる。

「逃げるのだ、ノル殿ッ。私が助力しよう」

「助かります」

僕は全力疾走で彼女の元へ。

当然ハンドモンキーたちは血眼になって追ってくるが、魔法銃によって進路を阻まれる。

なんとかルナさんのところにいくと、あとは二人で逃走する。ときおり振り返っては【石弾】と銃弾をまき散らす。

あまり当たりはしなかったけど、動きを遅らせるのには役立った。

「ニガサナイッ……ゼッタイ……」

「ガタキ！　ガタキ！」

とにかく執念深く、僕らは逃げ切るのに苦労した。

森を出ると、さすがに追ってくることはなかった。

自分たちに有利な地形じゃないなら戦わない。

そういう賢さを有しているのだ。やっぱり結構怖い相手かも。

「はぁ、はぁ、しつこかった……」

「私たちの顔は覚えられたかもしれないな」

十分あり得る。言語だって理解するレベルだ。

僕らは当分、この森には入らない方がいいかもしれないな。

「先ほど受けた怪我《けが》は？」

「肩を少しやられました」

「ヒールショット」

心地よさが体中に広がり、痛みが引いていく。ヒールショットは優秀だな。

お礼を述べてから、ギルドに帰還した。

あらましをローラさんに報告して、ハンドモンキーの死体を引き渡す。

「この猿、強かったか？」

他の冒険者たちも興味津々だった。

情報は共有したほうがいい。

僕らは戦い方やスキル構成、言語を話すことなども伝えた。

群れでの行動なので、低ランク冒険者は戦わないほうがいいことも付け加える。

その後、予定より多くの報酬を受け取った。

「あれ、三十六万リアありますよ？」

「死体以上に貴重な情報をくださったので、ギルドからのボーナスです」

ありがたい。ルナさんと十八万ずつ分ける。

「それともう一つ、ギルドからお話があります」

出発前に、僕に話があると言っていたやつだ。

「ノルさんは現在Bランクですが、Aランクに上がるための特別試験の受験資格を当ギルドは与えます」

冒険者のシステムは国ごとに多少異なる。

僕の国では、Bまでは所属の冒険者ギルドの裁量で決められる。

でもA以上は国の承認が必要となる。

国の方でテストして、合格した人だけがAランクになれるのだ。

試験は数ヵ月に一回の頻度で行われる。Bランクの中でも、それぞれのギルドが推した人たちだけが受けられると。

「オーディンは、ノルさんが受ける意志さえあれば推薦します。もちろん見送っていただくのも自由です」

試験は近々行われると通達がきているらしい。

「チャンスですから、受けたいです」

「そうくると思ってました！　ノルさんがまた邁進《まいしん》する手続きをさせていただきますねっ」

ローラさんが嬉々《きき》として申請書を差し出してくるので僕はサインする。

正確な日程が決まったら教えてもらえるようだ。

「それとここからは個人的な話です。もし良かったら、これ受け取ってください」

ローラさんはカウンターの下から包みを取り出して僕に手渡しする。

「柔らかいな。これは？」

「パジャマです。いつも頑張ってくれる冒険者様へ、担当受付嬢からのプレゼントですよ」

「嬉しいです、着させてもらいます」

「うふふ、他にも秘密のプレゼント、入ってますからね！」

ローラさんは意味ありげにウインクしてくる。

そしてルナさんがムッとした態度を取る。

「ノル殿に渡すのは良いことだが、私だってそれなりに頑張っているのだが」

「えっ、ああ、ルナにも、もちろんあるわよ」

「本当か？」

いや明らかに動揺してますー。ローラさんは目を泳がせながら、なにかプレゼントになるものを探す。

「じゃ、じゃあこれ。私が普段使ってるペン……」

「私があげたやつではないか！」

「そうだったぁ……！」

プレゼントがないことがバレ、ルナさんはぷんすかする。

僕とローラさんで協力して機嫌取りしたら、曲げたへそは案外簡単に戻ったけどね。


——夜。

風呂上がりに下着姿のままでローラさんからもらった包みを開けていく。

結構高そうな上下のパジャマ、そしてその上に手紙が添えられていた。まずは手紙を読ませてもらう。


ノルさんへ。

いつも依頼をこなしてくれてありがとうございます。おかげで、私は今月もナンバー1になれそうです。

大した物ではないのですが、感謝の気持ちの品を贈らせてもらいますね。ぜひ着てください。私の大切な冒険者様へ。

追伸　パジャマの下にある物については、みんなには秘密ですよ？　外国のある地域では、素敵な殿方に身につけた物を贈る風習があるみたいです（照）

「なんだろう？」

丁寧に折りたたまれたパジャマを持ち上げると、そこには目を疑うものがあった。

「パパ、パンテ……」

なぜ女性物の下着が置かれているのか僕は混乱しつつも、それを両手に持ってみる。

薄紫色の、ずいぶんとセクシーなものだった。

ローラさん……少なくとも一回はこれを身につけたってこと？

顔が熱くなってきたところでガチャと扉が開く音。

「お兄様、久々に膝枕などしてみては……」

女性物の下着を両手に持って観察している兄を見て、妹はなにを思うのだろう？

一切の表情を消し去ったアリスが、冷え切った声音で問うてくる。

「それは……私のでしょうか？」

「ま、まさか。絶対に違うよ！」

「ふざけてるんですか⁉　いますぐ捨ててくださいッッ」

なんで怒られるわけ⁉

「おーいマイサンよ～。オリヴィアさんが俺の髭《ひげ》がダサイって言うんだが……なにやってんの？」

あまりにも奇妙な光景を目にした父上が素直な感想を漏らす。

しかも面倒なことに、ここに師匠まで加わってきてしまう。

『ノルくーん、キミのパパの髭って、勘違いした中年男が……それ、オリヴィアのだよねー？』

「違いますってば！」

『隠さないの～。大丈夫、思春期男子なら一度は通る道だからさ、なははは！』

まず師匠は自分の下着の種類さえ覚えてないのか……。さらにさらに、ここで虎丸までやってくるというカオス。

中には入れないので、入り口から覗《のぞ》くようにして言う。

『ノルよ、オリヴィアが我のことをライオン丸に改名しろと言ってくるのだが』

「あ、ある意味正しいけど、僕は虎丸のままでいいと思う」

『ところでそのパンツ、ノルの体には少し小さいのではないか？』

虎丸の誤解が一番心にきました……。

5話　アイテムを求めて

午前中、僕はミラが泊まる宿の前にきていた。

彼女と一緒に、不動産屋のドマドさんに会いにいこうと考えている。

宿の受付でミラのことを訊《き》くと、父親と一緒に裏庭にいったと教えてもらった。

室内から庭に通じるドアを開けると、ミラが大石に対して麻袋の口を向けていた。

なんだ？　僕が疑問を覚えた矢先、袋の口から水が噴射された。

勢いは結構あって真《ま》っ直《す》ぐに大石まで届く。

ただ、破壊力に関してはほぼないな。

水が出尽くした後、大石は濡《ぬ》れただけで欠けたりはしていない。

「は？　これで終わり？」

ミラが眉根にしわを寄せる。

そばにいたダンディな人は、対照的にニコニコと上機嫌だ。

赤みがかった髪はフサフサで、センター分けにしている。

三十代後半だろうか。大人の男性の雰囲気がある。でも肌は綺麗《きれい》だ。目鼻立ちも整っていて、ミラに似ている。

「おれは結構感激したなー。水の噴射力もなかなかだし」

「パパってガチバカなの？　これって三十回しか水出せないんでしょ。こんなのに三百万出すとか」

「ミラもまだまだだな。男はいつだってロマンを追い求めるもんさ。冒険する気持ちを忘れたとき、男はあっという間に干からびるんだ」

いいこと言ってる気がするけど、ミラは完全に呆《あき》れている。

っていうか、うちの父上にちょっと雰囲気が似てるな。

会話からミラの父だろう。

こっそり鑑定させてもらった。

ストーク・サンタージュさん。

レベルは30と低めだが、【魔道具感知】を会得している。

「あっれ？　ノルじゃない。会いにきてくれたの？」

「こんにちは、不動産屋の件なんだ」

「あ！　そうだったわ、話がついたのね」

「あっちも会ってみたいって。これから一緒にいければって思ったんだ。それとお父さんだよね？

初めまして」

ミラのお父さんに挨拶と自己紹介をする。

ストークさんも朗らかな感じで対応してくれた。

挨拶もそこそこにストークさんは不動産屋の話に食いついてくる。

「ノルくん、それって武具店の敷地《しきち》の件かな？」

「ええ、空き地はいくつかあるみたいですよ」

「それは助かる！　おれもぜひ同行させてくれ」

もちろんだ。早速三人で宿を出て、ドマドさんの元へ歩いていく。

特に質問はしていないんだけど、ストークさんは店の展開の夢を色々教えてくれた。

サンタージュ武具店は、自国の武具店の中では一番の規模を誇るらしい。

武器をメインに扱う。

防具やアイテムも――専門店には劣るが――取《と》り揃《そろ》えている。

もちろん経営は上々なのだが、サンタージュの名前を他国にも伝えたいってことで意欲的に進出を狙っている。

「武器屋防具屋も色んな経営方針がある。うちの国には効率経営ってのがあるんだ。武器一本の利益率を高くなるように設定する。費用の安い装飾なんかで派手にしてね」

初見で買い手にいい印象を与える戦法らしい。

でもそれは見せかけ。

機能には影響しないどころか、効率経営のために品質自体が劣ることが多くなる。

「闘いの最中に、簡単に折れる剣じゃ戦士が泣く。泣くだけならいい。失った命は戻らない。おれたちサンタージュ家は、効率経営をしないと決めたんだ」

ストークさんの祖父が始めた武具店。

まだ一店舗の頃から、効率経営とは逆の戦略をとった。

確かな一本を客に届けることでリピーターになってもらう。

また、より多くの人に買いにきてもらう。

薄利多売、リピーター戦略ってやつだね。

レアショップ・スタルジアの経営にも役に立ちそうだ。

「コツコツ続け、いつの間にか国一番の武具店になっていた。おれは思う――武器は魂の半分ってねえ！」

熱い台詞《せりふ》です。そしてかっこよくもある。

ここが大通りの真ん中じゃなければっ。

「パパ、恥ずかしいからやめてよ。もう四十間近なんだから」

「ロマンに年は関係ないだろ！　人はそうやって何歳ならこうする、こうあるべきって不自由になっていく。そういった常識がアイディアを潰す。しょんべん臭ぇ小娘が調子こいてんじゃねえぞっ」

「……はいはい、アタシが悪うござんした」

父親も変わった人だなぁ……。

ミラも対応になれた感じだし、熱くさせるのは禁物かもしれない。

ただ理念に関しては参考にしよう。

ドマドさんに会うと、僕とミラは不要になった。

お金を出すのはストークさんなので大人同士のほうがいいのだろう。

「アタシたちは、遊びにいきましょ」

二人で街中をぶらつく。

さっきの水の袋はなにかと訊いてみた。

「あれねー。パパが変な商人から買ってきたの。回数制限がある上、威力もショボかった」

「武具店だからコネも多くあるんだよね。実は僕、武器を集めていて」

「協力してあげないこともないわよ。でも条件あり。その理由と、ノルの力を教えてほしい」

自分ばっかり覗《のぞ》かれてズルいということらしい。

出会って数日の子に教えるのはリスクもあるけど、それ以上にメリットが大きい。

サンタージュ武具店と懇意になれたらLP変換もはかどる。

「僕の能力はかなり特殊なんだ――」

ざっくりとだけど伝えると、ミラは目を丸くした。

「――にわかには信じがたいわね。失礼だけど試してもいい？」

「いいけど、なにするの」

「このアイテムを見て」

パッ、とミラの掌《てのひら》に緑色の石が現れる。

「風撃《かざうち》を発生させる魔道具なんだけど、明確な回数制限が入ってるの。さっきの水袋と一緒ね」

調べてみよう。

【風撃の石　ランクC　スキル：風撃1回】

あと一回、風撃を使用すると壊れるようだ。

回数は元々はもっと多かったのかも。

「これの回数、増やせる？」

二回に増やすには３００ＬＰだ。

「さっき話したＬＰを消費すれば可能だよ」

「アタシが減った分のＬＰを武器で払うから、やってもらえる？」

「わかった……増やしたよ」

「使ってみるわね」

人の少ない道で、ミラは石を使用する。

【風撃】が空気を震わせる。石は――壊れていない。

「わっ、本当に壊れてない⁉」

「でもあと一回使えば、壊れるはずだよ」

「すごいすごいッ。武器あげるから回数増やして、お願い！」

ＬＰさえあれば増やすのは簡単なので快諾する。

彼女は歩く武器庫かってくらい色んなものを所持していた。

刃物から鎚《つち》や弓まで、なんでも出てくる。

それらを変換していくとＬＰが軽く数千貯《た》まった。

【風撃】はミラの要望通り十回まで増やす。それでもＬＰはまだ余りある。

「余分になった分はあげるわね。友達としてのプレゼント」

「助かるよ。いま10万目標にしてたから」

「でも不思議ね～。食事でも増えるし、あとはエッチなことでもなんて……。まさか、そういうことしてるの？」

「おや、あちらでなにかやっているようだ」

僕は質問をかわすように人だかりのほうへ足を向ける。

つい昨晩、下着をもらった話は、さすがにし辛《づら》い。

さて、輪の中心では若い男性が殴り合いをしていた。いや、よく見ると一方的だ。

片方はチャンスがあっても一切手を出さない。

木札には『躱《かわ》し屋』とある。一分三千リアとも記載してあった。

なるほど、長髪の男性はお金をもらって客の攻撃を躱し続けるんだ。

もちろん、客は当てるつもりでオーケーだし、当たっても咎《とが》められることはない。

避けられなかった躱し屋が悪いとされる。

「ふーん、上手《うま》いじゃん」

頬を指でかきながら、ミラが興味なさそうに言う。

躱し屋は前、横、後ろに対応したステップと動体視力のスキルがある。

いまやってる客は素人ではなく、格闘技をやっている動きだ。それでも掠《かす》りさえしない。

躱し屋の顔を見ても擦り傷一つないことから、経験と実力があるのは判然。

「でも一分三千リアは高すぎる。どうしてお客さんがつくんだろう……ん？　一発当てたら記憶力の杖《つえ》あげます」

よく見ると、木札に小さく書かれているんだ。

刹那、やる気のなかったミラが熱血漢みたいに豹変《ひょうへん》した。

「はいはいはいはいはい！　次アタシやる！」

「優秀なアイテム？」

「一時的にだけど記憶力がアップするのよ。かなりレアなんだから」

「僕もほしいから、ミラが失敗したらやるよ」

「ふふん。失敗したら、ね」

自信ありげに胸を張るミラ。

結局、客の男性は一発も当てることは叶《かな》わなかった。

「次、やる人いませんかー？」

「はいはいやる～！」

「一分三千リアですが」

「値段はいいけど、ブツを見せて」

「ああこれです」

躱し屋は仲間からバッグを受け取ると、中に入れていた杖を取り出す。

ミラが目を普段より大きくしてチェックする。

30センチくらいの細い木の杖だ。一見どこにでも売ってそうに見える。

僕も鑑定したけど本物で間違いないと思う。

ミラもそう判断して、一分間のゲームに臨む。開始の合図が出ても、ミラは少し余裕の表情だ。

彼女は強いけど、戦闘系のスキルって実はないいんだよな。

「いくわよ、一発目」

ミラがグッと体に力を入れ走り出して——速っ⁉

「ハッ⁉」

躱し屋の人ですら僕らと同じ反応だった。

簡単に距離を詰められ慌てて逃げようとするも、顎に軽く掌底を入れられてダウン。

「いま二十秒くらい？　一度逃げていいわよ」

「くッ」

躱し屋はすぐに起き上がって安全な位置取りをする。

またミラが動き出す。走る速度が普通と全然違うため、逃げようとしてもすぐに近くに寄られてしまう。

躱し屋は体を左右に振って的を絞らせない動きをするがミラはジッと観察する。

彼女が左腕を高く上げ、躱し屋がピクっと反応して硬直。

本当にわずかな時間なのだが、ここにミラの右フックが綺麗に決まった。体を捻《ひね》りながら倒れる躲し屋。これで二発達成だ。

「やった！　記憶の杖もらえるのよねっ」

ミラは躲し屋の仲間から杖を受け取ると、上機嫌で夜空に掲げる。

上を向く彼女とは反対に僕は下を見た。彼女の靴だ。

【韋駄天《いだてん》】【軽量】の二つが入っているじゃないか！

まさかと思って服を調べると、こちらも属性に対する耐性がついた服だった。

ランクはほとんどがBだったが、防御のこともきちんと考えているのだ。

さすが国一番の武具店の娘。

先のトレジャーハンターを倒したときのボールといい、多種の魔道具を有している、と。

「うひひ〜、出会いに感激〜」

エロオヤジみたいな言葉で杖を頬ずりしている。

「最近、魔道具好きの貴族に会ったんだ。彼もコレクターだった。やはり集めるのが好きなの？」

「コレクターでもあるし、実用のためでもあるわね。子供の頃から大好きなの。だってワクワクしない？　中にはとんでもないスキルが付与された物もあるし。あと人は簡単に裏切るけど、魔道具は裏切らないッ」

最後だけ熱意が段違いだった。

「私たちズッ友だよ！　とか言いながら彼氏できた途端、そいつとばっかり遊ぶ女と違って、魔道具はいつだってアタシに応えてくれるのよ！」

それは辛い経験でしたね。

僕はなにも言わず、穏やかに微笑《ほほえ》んでおいた。

◇　◆　◇

シューレンさんの両親と剣を交える日がやってきた。

僕、ルナさん、シューレンさんは彼の家のソファーに並んで座って両親の到着を待つ。

ミレンカさんもいて、来客の準備中だ。

ドロワー男爵家は、あまり作法などにはうるさくない家系だったとシューレンさんは話す。

最初は独身にも理解を示していたが、なぜかここ数年でかなり当たりがキツくなってきた。

「原因に心当たりは？」

「特にないんだよ。自分ではなにも変わってないつもりなんだ。ミレンカ、君から見てぼくは変わったかな？」

「いえ、シューレン様は変わっておりません。特に魔道具への情熱は。もう少し、人への興味をお持ちになってもいい気はします」

「ウゥ……これでも持つようになったんだけどな」

ミレンカさんは何年もここに勤めており、彼の身の回りの世話を一番行っているようだ。

「ミレンカには、ぼくの魔道具の隠し場所を教えているんだ。もしぼくになにかあったときは、店に売ってもらうために」

「売るんですか？　売却はしないと思い込んでました」

「生きていれば売らないさ。でもせっかくの魔道具だ。誰にも使われないで腐るより、誰かに使ってもらったほうがいい。せめてもの社会貢献のつもりだよ」

魔道具もこの人の手に渡って、幸せだろうな。

さあ、ここで玄関のドアが開く音が聞こえた。

ミレンカさんがすぐにそちらに向かう。

少しして、彼女が二人の男女を連れて戻ってきた。

僕らは立って出迎える。

老夫婦には見えないな。もっと若々しく感じるんだ。

どちらも背筋がピンと伸びているし、五十歳前後にしか見えない。

「ふむ。四十六日ぶりか」

「違いますよあなた、四十七日です」

二人は独特のテンポで会話をする。

男性は長身で白髪、髭《ひげ》はかなり綺麗に剃《そ》られている。

引き締まった筋肉、皮膚から浮き出る血管がかっこいい。

奥さんのほうは貴婦人って感じの上品さがある。

こちらも白髪だけれど、顔にはシワが少ない。スラリと細く、夫のような威圧感はない。

「で、そちらの二人を使って俺たちに挑戦するわけか」

「使うなんて表現やめてくれ。ぼくは魔道具は好きだけど、さすがに誰かをそんな目では見ない。ごめんよ二人とも、父は昔から言葉が下手なんだ」

シューレンさんが申し訳なさそうに謝り、ルナさんが気にするなと首を左右に振る。

「私はルナ・ヒーラー、聖女と冒険者を兼業している」

「ほう……」

「あら、素晴らしい方でしたのね」

堂々としたルナさんを、二人も高く評価したようだ。

すごいな……爵位も上なので僕はどうしても緊張してしまう。

逆に貴族じゃないからこそ、自然体でいられるのかもしれない。

みんなの視線が僕に集まったので、かすれ声ながら自己紹介する。

「スタルジア家の三男、ノルです。英雄学校の生徒、冒険者をしています。準男爵です」

「ふむふむ、スタルジア家、か」

「父さん、公爵家のマリアさんを救ったのがこの二人なんだぜ？」

シューレンさんがめちゃドヤ顔だ。

そして両親も顎が外れるほど驚愕《きょうがく》している。リアクション最高です。

「シ、シューレン。とんでもない二人を、連れてきたな……」

「ぼくらの準備はいつでもできてるよ」

「……よかろう、表に出ろ」

触発されたのか両親はやる気満々だ。

みんなで庭に移動する。あちらの二人は、庭の状態を剣でつついたりして確かめだす。罠《わな》がないかなどチェックしてるんだ。

その後、待機していたらしい従者が旦那さんに鎧《よろい》を着させていく。

銀色が眩《まぶ》しいフルプレート。

日頃綺麗に磨かれているのか、表面がピカピカに輝いている。

「鎧も問題はないようだ。では二対二で始めるが、いいか？」

「僕らは大丈夫です」

ＬＰも５０００弱はある。ちなみに二人の能力だけど、奥さんのほうは隠蔽されていてわからない。

旦那さんは能力は……

名前：ガンデッ・ドロワー
年齢：65
種族：人間
レベル：１９９
職業：剣術教師
スキル：岩破流剣術Ａ　強斬　土斬　一突　体力ＵＰ　体術Ａ　物理耐性Ｃ　毒耐性Ｃ　熱耐性

B

つ、強いぞ……。

特化型だけれど、隙のない感じが伝わってくる。

民間の子供たちのために剣術教室を開いていると聞いていたが、ここまで腕が立つんだな。

鎧は特殊な物ではないので、防御力アップのためか。

【岩破流剣術】ってのは、有名な流派なのかな。ガンデツさんが声を張る。

「闘いはいつだって急に始まる。さっさと構えるがいい」

僕は剣をあげる際、ルナさんに小声で伝える。

「旦那さんは剣士特化っぽいです。奥さんはわかりません」

「私の勘だが、魔法系ではないかと。私が邪魔しつつ、隙をみて援護する」

僕は首肯して、前を向く。

視界に、ガンデツさんが剣をなぎ払う姿が飛び込んできた。

「ええっ⁉」

バックステップで辛《かろ》うじて避けられた。

奇襲に対して、シューレンさんが怒鳴る。

「そんなの卑怯《ひきょう》だぞ父さん！」

「黙れ、俺は言ったはずだ。戦闘はいつだって突然始まると」

「反撃も、ですよ」
僕は【強斬】でお返しをする。
これは剣速と攻撃力をアップさせる剣技だ。
弱点は疲れやすいことと、モーションが大きめなところ。
ガギィッ――と剣で受けたガンデツさんだが、威力を殺しきれずに後ろに一回転がる。
すぐに立ち上がったので追い討ちはしない。
「気に入った！　剣士の名に恥じぬ剣技、お見せしよう」
彼は興奮して猛進してきた。これは僕にとって都合が良かった。
【＋3キロ】を本人じゃなくてフルプレートに付与する。
元々体力があることに高揚感も加わって全然気づかない様子だ。
未知の剣術だし、僕は回避に専念しておく。
フロント、サイド、バックステップを強化しているのでそれを駆使した。
どうしても無理な場合は受けた……が、ものすごく剣が重かった。
いままでの中でも間違いなくトップ3に入る。
「重いか？　だが岩破流の真髄はここからだ」
ガンデツさんの剣先が天を向く。
そこから豪快に振り下ろす。
僕はステップを踏んだものの土が抉《えぐ》れて飛散する。

「ペッ、土が……」

目や口に入りやすいな。

相手はお構いなしに何度も同じ技を繰り返す。

穴が開くほど土を攻撃するのだ。

これが【土斬】なのだろう。

とはいえ防戦一方ではない。追加で【＋5キロ】を鎧に与えた。

さっきのと合わせて【＋8キロ】になっている。

「逃げ回るだけでは、我が剣からは逃れられぬぞっ」

まだだ、まだ焦りはしない。さらに追加で【＋7キロ】を付与しておく。

「あっ……」

「ハハハ、もう逃げ場はないな！」

周囲の土の環境がかなり悪い。

下がったら足を取られて転ぶだろう。

そして前方には勝ち誇った態度のガンデツさんがいる。

「このフルプレートは、己の技で損害を受けないためでもあった。備えが、勝ちを、呼び込むことも、ある」

「まだ終わってませんけどね。むしろ疲れているのは貴方《あなた》です」

肩で大きく息をしているのが鎧の上からも丸わかりだ。

そのはず、普段より15キロも重いのに剣を振りまくっていたのだから。

「ズハーッ、ズハーッ……みょ、妙だ。なんでこんなに、鎧が重いのだ。……まさかノル、貴殿が」

「はい。能力は秘密ですが」

「やはり……。ならばよろしい、次の一撃が最終決戦ディァッ⁉」

重たい音がしたと思うや、ガンデツさんがその場に派手にコケる。

ルナさんの放ったインパクトショットに足を弾《はじ》かれたのだ。

「闘いは、二対二だということを忘れてはいけないな」

ナイスすぎる！

僕は一歩ガンデツさんに近づくと、渾身《こんしん》の一振りで彼の剣を弾き飛ばす。

「これは殺し合いじゃありません。剣を失った剣士のあがきは、やめてほしいです」

「無念だが……致し方あるまい」

よかった、ガンデツさんが負けを認めてくれる。

遠巻きにして見ていたシューレンさんが大声を出す。

「なあ父さん、負けた気分はどうだい？　剣士のくせに鎧に頼ってしまった。長く培ってきた剣より鎧を信じてしまった。その時点であんたの負けは決まってたんだッッ」

「お前はなにもしていないがな！」

両者とも、一理ありますねぇ。

って、父と子によるお笑いに付き合ってる場合じゃなかった。

もう一つの闘いに目を向ける。

パッと見で受ける印象だとルナさんが有利に映る。

奥さんは平素の上品さを完全に失っていた。服がボロボロだし、ひどく疲弊しているようだ。

ルナさんの銃弾を受けないよう、奥さんの後ろではなく側面に僕は移動する。

「ノル殿、彼女は水魔法を得意とする」

なるほど、よく見れば地面がかなり濡れているな。

「……ご安心を。もうわたしは、水魔法を使いませんから」

両手をあげて奥さんは降参のジェスチャーをした。

ただでさえ不利だったのに、僕が参加したから諦めたのだ。

ここでまたシューレンさんの喝が届く。

「なんだ母さん？　諦めないことから始まる逆転劇だってあるかもしれないだろッ」

「参加すらしない人に言われたくないんですけど！」

うん、やはりどちらも一理ある。

正論貴族・ドロワー家と呼ばせてもらおう。

僕の心の中だけで。

◇
◆
◇

戦いは僕らの勝利に終わった。

ルナさんとハイタッチを決める。

シューレンさんもしたそうだったので、もちろん交ぜてあげた。

ガンデツさんたちは約束をきちんと守る人で、かなり潔い態度を見せた。

「シューレン、約束だ。俺たちは二度と結婚しろとは言わん」

「そうね、周りの人たちが次々に可愛《かわい》い孫ができて羨ましかっただけなの。子供より孫は可愛いって、みんな言うのだもの」

あ〜それ、僕も耳にしたことがある。

なぜなのかを理解するには、まだ若すぎるか。

まず子供すらいないもんな。というか、その儀式すらまだ……。

ともあれ、シューレンさんにも笑みが零《こぼ》れる。

「わかってくれればいいんだ。ぼくはこれからもこの家で、同じ人たちと、楽しく生きていくよ」

彼は見学していたミレンカさんを、邸宅を、大切そうに眺める。

穏やかで楽しい生活が守られるのであれば素晴らしいよね。

僕も少しとはいえ貢献できたのが誇らしい。

こうして事は解決した――かに思えたのだが、これに待ったをかけた人物がいた。

険しい顔をしたルナさんだ。

「以前シューレン殿を治療したとき、愚痴を漏らしていた。両親は結婚しろというわりに相手の身分にこだわる。メイドなんてもっての外だと」

みんなが彼に視線を送る。

「ええっと、うん、確かに言ったけど……。父さんに試しに尋ねたら激怒されてさ」

「当たり前だ。相手は貴族、少なくとも良家の娘でなくては恥をかいてしまう」

「民間で剣を教えてるくせに差別か！　父さんはいつも矛盾してるんだ。この矛盾野郎！」

「ばっ、それはっ……！　俺だってお前のメンツを考えてだな。貴族社会は大変なんだ」

そう、貴族ってのは体裁をかなり気にする。

ひとたび集まれば、マウントの取り合いなんてしょっちゅう。

僕らは毎回取られる側だった。

出自が不明な人と結婚となれば、小馬鹿にしてくる人はいるはず。

少なくとも陰では色々と吹聴《ふいちょう》されてしまう。

親子ゲンカが勃発したところで、空に強い銃声音が響いた。

争いを止めたルナさんがクールな顔つきで話す。

「私が言いたいのは、すでにシューレン殿には恋仲の女性がいるのではないか。そして、その女性のことを思って、結婚を諦めたのではないか。そういうことだ――」

そう言ってルナさんが視線を伸ばした先には、ミレンカさんがいた。

「えと、わたしは、ただの召使い、で……」

というわりに動揺が激しい。

誰が見てもわかるほどだ。

シューレンさんのほうも黙り込んで地面を見つめ出す始末。葛藤があるのはわかったので僕は一言だけ告げる。

「思ってることがあるなら伝えたほうがいいと、僕は思います」

「そう、だね……。ルナさんの指摘通りだ。ぼくとミレンカは何年も前から恋仲だった。でも駆け落ちして生活を壊すくらいなら、このまま過ごしていくと話し合った。ただ、それだけの話だ」

そして誰も話さなくなった。

勝利してハッピーで終わるはずが、まさかこんなシリアスな展開になるなんて……。

口を開いたのは、やはりルナさんだった。

「私はときどき思う。人はなんのために結婚するのかと。拘《こだわ》らずともいいはずだ。だがそれでも愛を誓うのは、不確かな世界に確かなものを残したいから、ではないだろうか」

正直、経験の乏しい僕には難しくて理解しにくい部分があった。

でもシューレンさんの胸にはしっかりと響いたみたいだ。

「そう言われちゃ、ぼくだって無理するしかなくなる。たとえ、両親に勘当されたとしてもね」

彼はミレンカさんの横にいって手を繋《つな》いだ。

奥さんが小さく手を叩《たた》く。

「わたしは認めますよ。もし孫ができたら、毎週顔を見にきますから」

「では私も、たまに伺おう」

「僕も、そうします。……あっ、ガンデッツさんは反対派でしたよね？　お孫さんと楽しく遊んだら日記に書いてお贈りしますね」

「鬼め！　お前らみんな鬼だ！　俺だって……俺は……もういい、好きにしろ」

ようやく、ガンデッツさんも素直になってくれた。

シューレンさんが目を丸くしていた。

「嘘《うそ》だろ。あの岩より頭の固い父さんが……」

「お前だって一応はここまで生き抜いてきた大人だ。もう自分で決めて生きろ」

シューレンさんは、ミレンカさんと見つめ合う。

お互いにうなずき、口づけを交わした。

それが答えなのだろう。


さあ、お待ちかねの時間だ。

シューレンさんの部屋で、僕は【魔道具感知】が付与されたアイテムを受け取る。

紆余曲折《うよきょくせつ》あったけれど、僕はアイテムがほしくて頑張ったんだ。

「これが、知らせの鈴だよ。魔道具が近くにあると音が鳴る。近くなるほど音が大きくなる。ただし、誰かが触ってないといけない」

自動型ではないと。持っていれば、いつでも教えてくれるわけじゃないのか。

けど、逆にいつでも鳴るよりいいかも。

勝手に反応するなら、魔道具持ちの仲間がいただけで鳴り続ける。それは迷惑だ。

「注意点は他にもある。魔道具なら見境なしに反応する。つまり、しょぼいスキルがついた魔道具が一番集まる」

有用なものほどレアだ。逆にしょぼいものはありふれている。

十個集めて全部ランクCってこともあり得ると。

「いくらで、譲っていただけますか？」

「そういう約束だったね。それじゃこれで」

シューレンさんは指を一本立てた。

「十万、いえ百万リアでしょうか？」

「この一は、一番安い硬貨一枚の一さ」

「シューレンさん、最高です！」

僕はタダ同然で、貴重なアイテムを入手することができた。

大切に使っていこう！

シューレンさん、ルナさんと別れて一人になってから僕は知らせの鈴を試してみた。

諸刃《もろは》の剣に反応しないよう武器を異空間に収納。鈴を手のひらに載せる。

チリン、チリン。

おおっ、鳴ると感動するな！

いま、街中でそれなりに人通りのある道にいる。

なにに反応しているか探す。

露天商の並べている物に反応してるっぽい。

鈴をポケットにしまって商品を調べてみる。魔石系だ。ただしランクはCで、値段がアホみたいに高い。誰が買うのってレベルだ。

鈴を持ったまま街を歩くと、意外とよく鳴ることに気づく。

誰かとすれ違ったりするとき、店の前を通るときが多いかな。

「これ、改良したほうがいいかも」

スキル説明文の中に〈魔道具を感知する〉とあるので、ここを【編集】で〈ランクB以上の魔道具を感知する〉に変更する。

必要なLPは800なので迷わない。

こうすれば、発見したのにランクCでガッカリ……という嫌な流れを断ち切れる。

改良した知らせの鈴を持ってウロウロする。

とあるお店の前で音が鳴った。

でもここは魔道具を売る場所じゃない。

主婦が喜ぶ生活用品を売るようなお店なのだ。一応中に入ってみる。

鈴は確かに反応するが、並べられている物ではない？

カウンターの店員に近づくと音が大きくなった。

「あの、魔道具って置いてたりします？」

「え？　なんで、わかるのかしら？」

四十代くらいの女性は面食らったような顔をした。

「魔道具を見つけるアイテムがありまして。こちらから反応があったんです」

「ちょっと待ってて」

女性店員は一度奥にいくと、物を持って戻ってきた。

カウンターテーブルにのせられたのは、小さな指輪だった。

「つい昨日、旦那が実家を掃除してたら出てきたらしいのよ。死んだ祖父が隠してたのね。魔道具好きだからそうだって主人はいうんだけど……」

少し錆《さ》びてはいるが、普通の指輪に見える。

【パワーリング　ランクB　スキル：怪力　握力A】

へー、これは掘り出し物じゃないか。

許可を取って触ってみる。

……4200LPも入るぞ。これは値段次第ではぜひ買いたい。

女性店員は困ったように頬杖《ほおづえ》をつく。

「うちは指輪を置くような店じゃないし、どうするか迷ってたのよ。一度並べてみようかと思ってたんだけど」

「いくらで売るつもりでした？」

「一万か二万。魔道具だって確信すらないからねぇ」

「五万リアでいかがです？　僕は英雄学校の生徒で、魔道具やアイテムを収集してるんです」

「あら～、あんた優秀なのねー」

彼女は感心した様子だ。英雄学校のネームバリューはだいぶ強い。

感触はかなり良くて、五万も貰《もら》っていいのかといった態度を示すほどだ。

「優秀な学生さんから、そんなに貰うのも悪いかしら」

「冒険者もやってて、そこそこ稼いでます。お気になさらずに」

「そう？　なんだか悪いね～」

いえいえ、むしろ五万で購入できるなんて安すぎるくらいです。

僕は店を出るなり、すぐにパワーリングをＬＰに変換した。

本日、多少ＬＰを使ったから補充になる。

「うん、いい感じだ」

知らせの鈴を使えば、効率よく魔道具収集、変換ができそうで嬉《うれ》しい。

もう少し街中をブラブラしてみる。

日も落ちて暗くなってきたので帰ろうとしたのだが、とんでもないものを発見した。

道の脇で、ミラがまた誰かと言い合いをしているのだ。

「いまの言葉、もう一回いってみ。ただじゃ済まないよ！」

カップルっぽい男女二人組がすごい剣幕だ。特に女性がご立腹で、険のある口調で責めている。

さらにカップルのそばでは、小さな女の子が声をあげて泣いていた。どういう状況？

ミラはいつもと変わらない態度。つまり強気ってことだね。

「二回言われないとわかんないわけ？　あんたの頭が心配になってきたわ」

「っざけんな！　あたしの彼氏がなにやってるか知ってんのか」

「知るわけないでしょうが。大体自分じゃなくて彼氏？　あー恥ずかしい。自分は無能ですって言ってるようなもんじゃん」

「なっ、てめ……」

「えーん、ママァー！」

口げんかをする女性たち。拳をポキポキ鳴らして威嚇する彼氏。そして泣き叫ぶ女の子。

やれやれ、僕が仲裁に入らないと事件に発展すること間違いなしだ。

「やあ、なにかトラブル？」

「ノルッ！　ちょっと聞いてよっ。こいつさ、こんな小さな子に対して『邪魔』って言ったのよ」

「この子は？」

「迷子で、アタシと一緒にお母さんを探してたの」

なるほど、それで歩いてたらカップルが文句をつけてきた。

ミラも言い返したので、いまのような状況に陥ってしまったというわけだ。

ここは僕のペコペコタイムで乗り切るしかないかな、と思いきや男のほうが胸ぐらを掴《つか》んできた。

「彼氏か？　失礼な態度謝れよ。俺は冒険者で、ランクはBだ」

レベルも低く、スキルだってゼロじゃないか。

それでも強いパターンがないとは言えないが、この人に限ってはないな。

「奇遇ですね。僕もBランクなんですよ」

「あ？　……あれ？」

僕は彼の手を掴み、ゆっくり捻っていく。彼女は全然気づいてないみたいだけど。

「きゃっは！　嘘でしょ、弱そうなツラしてんしっ」

「オ、オイコラこいつ……あうあぁああっ」

僕が力を入れると彼氏も体をくねらせて痛みから逃れようと必死になる。

ついには地面に膝をついて抵抗もままならない。

「同じランクですし、腕試ししてみます？」

「わ、悪かった、許して、頼む……」

「はあああ？　あんたなにやってんの、ねえ？」

「これが実力ですよ。Bランクなんてあり得ないし、冒険者なのかも怪しい」

彼女も騙《だま》されてそうなので一応教えておく。

もういい、と彼女は髪を荒ぶらせながら去っていく。

そしてそれをミラが全力で追いかける。

「あんた、逃げるんじゃないわよ。あの子に謝んなさいな」

「……なんなの」

「ちなみにその彼女、僕より強いですよ」

そう言うと、女は顔を引きつらせながらも女の子に詫《わ》びた。

上辺だけだろうけど、それでも態度に出させたのでミラの勝ちだ。

「名前を全部言える?」

僕は泣き続ける女の子の頭を撫《な》で、優しく質問する。

女の子は、途切れ途切れながらも姓名を教えてくれた。あとは【大賢者】に母親の場所を教えてもらう。

【東に120メートル進んだところにいます】

「ママの場所がわかったよ。一緒にいこう」

女の子の手を引いて、母親の元へ。

大体の位置につくと、女の子はママに駆け寄った。母親に礼を述べられて終わりと。

ミラが口を開きっぱなしにしながら僕の横顔を眺めている。

「ほー、いままで見た男子で一番のやり手かも」

光栄でございます、と軽くふざけると、ミラが急に腕を組んできた。

「よし、飲みにいくわよ! 今日はアタシのオゴリだから!」

「飲みって、酒?」

「そ。十六歳だし、この国でも問題ないでしょ。いきましょ」

あんまり酒は得意じゃないんだけどな。

「だーれーだー？　そのおなご、だーれーだー？」

背後からの怨念めいた声に、僕とミラが揃って振り返る。

悪霊に取り憑《つ》かれたかのような顔をしたエマがそこに立っていた。

「うわっ。どど、どうしたのエマ……」

「どど、どうしたのエマ……じゃないし！　誰なのその人、やたら親しげじゃん！」

「ああっと、話すと長くなるんだけど」

仲良くなった経緯なども含めて、ミラのことを紹介した。

エマは話を聞き終えても唇をとがらせてムスっとしたままだ。

少し悪い空気をミラが変えようとする。

手を出して握手を求めたのだ。

「友達の友達は、やっぱり友達になれると思うのよね。よろしく」

「……あたしはノルと違ってお人好《ひとよ》しじゃないし。まだ信用してない」

強めに告げて、エマは握手を拒否する。

一触即発かと僕はヒヤヒヤしたが、案外ミラがすんなりと引いてくれた。

「それもそうね。あんたの考えは尊重するわ。で、アタシたち飲みにいくんだけど、くる？」

いく、とエマは即答した。

僕もだけどエマもあまり酒は飲まないタイプだ。

飲み過ぎないようにだけ注意しよう。

◇◆◇

酒場はかなり賑《にぎ》わっていた。

平日でも休日でも、この街ではこうだ。

冒険者や傭兵《ようへい》はもちろん、一般の人たちも夜は飲んで明日の活力を蓄えている。

憂さ晴らしもあれば、単純に酔いを楽しむ人もいる。

僕らはテーブルを挟むようにして座る。

ミラはエールやワインを大量に持ってきてくれと店員に告げる。

料理やつまみも頼んでいた。他国の酒場なのに全然気後れしていないし、むしろ楽しんでいる。

値段も一切確認しない。一流店の娘だし、お金の心配はないのだろう。

「なによ二人とも、借りてきた猫みたいになって」

「僕ら、あんまりこういう店こないんだ」

「へぇ、お酒楽しいのに。酔って他の酔っ払いと乱闘勝利とか、超楽しいわよ」

それダメなお酒の飲み方、第一位じゃないかな。

とはいえ、せっかくなので僕らも少しお酒をいただくことにする。

つまみ片手に、お互いの身の上話などを始める。

酒が入ると、確かにポーッとして気持ち良くなった。

それにオープンにもなる。エマもさっき警戒してたけど、だいぶ心を許したのか笑い合うシーンもあった。

「ふへぇ、お酒、あんがいおいしーかも」

顔をほんのり赤くしたエマが可愛い。

ふにゃふにゃで、押したらそのまま倒れそう。

頭が安定しないので僕が肩を貸してあげる。それを見たミラが言う。

「付き合ってないって言ったわよね。じゃアタシがノルと付き合おっと」

僕の気持ちはどこにあるのだろう。

そしてエマが途端にシャキッとする。

「悪女かもしれないのに、付き合わせるわけないじゃん！」

「それなら勝負しましょ。アタシが勝ったらノルと付き合う。そっちが勝ったら、強めの武器を一本あげるわ」

ミラも少し、酔ってきているみたいだ。

でも武器をもらえるのは正直魅力的ではある。

エマはすでに酔っているので、僕が勝負を引き受けた。

……のだが、エマが自分がやると言い出す。

それを見ていたミラが、クスッと笑う。

「二人がかりで構わないのよ。アタシ、かなり強いから」

お言葉に甘えて、そうさせてもらう。

単体では勝ち目は薄いだろうから。

ミラが大きな声で、飲み比べをするから酒をどんどん持ってきてと告げる。

注目を浴びたことで、周りの人たちも僕らの席に近寄ってくる。

こういった盛り上がりも含めて、ミラは好きなのだろう。

「二人とも準備はいい？　じゃ手始めに一杯目～」

木製のジョッキになみなみと注がれたエール。

これをゴクゴク飲んでいくミラに脅威を覚える。

水かなってレベルで飲むんだなぁ……。

こちらはエマが先行だ。

負けじと対抗して頑張っている。

お互い一杯目を飲み干す。

相手は余裕だ。一方エマは、すでに顔が真っ赤で目が虚《うつ》ろに変わっていた。

「交代しよう。あとは僕がやるよ」

「らめぇ！　このしょうぶい、まけられないつ……」

すでに敗北した人みたいな雰囲気だよ！

飲み比べは二杯目に突入する。

「似てるのよねぇ、昔の友達に。そう、あいつに……」

ミラのエマを見る目つきが憎しみを帯びたものになっているのはなぜ？

彼女は二杯目も軽く飲んで、ドンとジョッキをテーブルに叩きつけた。

「男にモテそうな顔に体に性格。あいつに――友達より彼氏を選んだあいつにさあ！」

過去の友達の件か……。

触れちゃいけないやつだ。

「聞いてんの⁉」

「ひぎぃ？」

エマはもう無理だ。完全に限界を突破している。

証拠にアヘ顔でダブルピースを始めちゃったじゃないか。

「なんだかぁ、攻められてぇ、気持ちよくなって、きちゃったぁ」

「エマ！　攻められて気持ちよくなる姿なんて、僕は見たくなかったよ！　……でもごめん……僕の力が、足りなかったんだ」

「なんだか、ジンジン気持ちいいよぉ～。いえーい、ノル～、見てる～？」

最後にそんな言葉を残し、エマは逝った。いや睡眠の世界に、だけどね。

ありがとう頑張ってくれて。ここからは僕が戦うよ。

強い決意をもって、僕は三杯目をいただく。

最後まで飲み干したところ視界がぐにゃあと歪《ゆが》んだ。首を傾けていたらお花畑が見えてきた。

エマより早く酔いが回っている。このままじゃまずいので、トイレにいくと申し出た。

立ち上がって歩こうとした瞬間、なにもないところで躓《つまず》いてミラに倒れかかる。

「ちょ、胸に顔突っ込まないでよっ」

「ああぅ、ごめん……」

ふかふかでいい匂いがする。

手を使って顔を離すが、間違って揉《も》んでしまった。

「やん⁉　ぜっ、絶対わざとでしょ？」

「ごめ、本当に、ちが」

体に力が入らないのだ。

僕はフラフラになりながら店のトイレにたどりつく。

ほっぺたを叩くと少しだけ思考が正常になった。

もう普通に飲み比べしても勝てないし、スキルを創ろう。

……あれ、ＬＰが増えてる？

９０００くらいだったはずが、１万を超えている。

あぁ、さっきミラにしてしまった行為で増えたんだな。

酔っ払っていてもＬＰは仕事してるんだ……。

【酒豪】

これを創った。たった30LPなので効果が不安だったけど、創ったときから異変を感じた。

頭が明瞭になり、胸の気持ち悪さは消え、足取りがしっかりとする。

「効果抜群だ。これなら戦える！」

席に戻ると、ミラがニヤニヤとしながら挑発してくる。

「人のおっぱい揉んだ後にトイレ。なにしてきたのか疑問ねぇ～？」

「それについてはごめん。でもさっきの僕と同じにしないほうがいいよ。今後はガンガンいける」

「いいじゃん！　潰れるまで飲みましょ」

四杯目、余裕。
五、六、七、八杯も余裕。
九杯目、僕は余裕、ミラは少し目が泳ぎ出す。

十杯目、僕はまだ余裕、ミラは口から液体がタラリとこぼれ落ちる。

「ひぃぃ、あんた、つよふぎぃ……」

そして十一杯目、ミラが白目気味にダブルピースを決める。

「いっえー、みんな見てるぅ？」

この店で酔うと、女性はダブルピースを決める法則でもあるのかな。

ミラは力尽きたのか、テーブルに突っ伏して動かなくなった。

「勝ったのはいいけど、武器をもらえる状況じゃないな」

二人を家に送っていかなきゃいけない。

どうやって運ぶか悩んでいると、ミラのお父さんが店に入ってきた。

「ストークさん、こっちです」

「あーいたいた！　宿にもいないから探してたんだよ」

ストークさんは、ミラが酔い潰れたことには驚いていなかった。

いつものことらしい。

地元では飲み比べやり過ぎて、彼女を見ただけで目を逸《そ》らして逃げる者もいるとか。

ストークさんは抱っこしてミラを連れていく。

「そうそう、ノルくんのおかげで店が決まったんだ。あとは開業の準備を始めていくよ」

「時間があるとき、手伝いますよ」

「助かるよ。お礼は娘の初キッスで！」

相変わらず、冗談が好きみたいだ。

僕はエマをオンブして夜道を移動する。

背中からでも熱が伝わってくる。

相当無理してくれたんだな。

「今夜も月が綺麗だよ、エマ」

「ノルぅ、はなさんぞー。はなさんとねー」

寝ぼけながら、ぎゅっと抱きしめてくる。

そんなに締めなくても、僕は逃げないよ。

6話　学年王決定戦

学年王決定戦の日がやってきた。

実はこのイベントは、僕だけじゃなくスタルジア家にとって重大なイベントになろうとしている。

朝、アリスが神妙な面持ちで話す。

「本日、お兄様が優勝できるようみんなで応援しましょう」

みんなが立ち上がって列を作る。

家族、師匠、虎丸と順にハグをしていく。

少しでもいいからＬＰを貯《た》めようというアリスの知恵だ。

虎丸まで終わると、父上が照れくさそうに腕を伸ばしてきた。

「あ、父上は大丈夫です」

「なんでぇ⁉　ＬＰ入らないのに虎丸とはしてたじゃん！」

「虎丸はスキンシップです」

「俺とは触れあいたくないってか、ああそうですか、いいですよ、どうせ俺なんて……」

「じゃあ父上、昨日体を洗いましたか？」

僕の質問は相当鋭かったのだろう。

父上は得意のピーピーと鳴らない口笛を吹く。

この様子だと、三日は洗ってませんね。

それでなくとも年頃の男子が、父上と熱いハグを交わすのは少し辛《つら》い。

『ノルくんなら優勝確実っしょ。なんたってオリヴィアの弟子だし～。でもエマちゃんにだけは気をつけてー』

「どういう意味です？」

『オリヴィア、わかんなーい。でも、エマちゃんのセクシーさに負けちゃダメだよ～』

うん、まったくわからないや。

師匠はエマになにかアドバイスでもしたのだろうか？

ともあれ、僕は玄関までみんなに見送られる。

「マイサン、お前が勝てば、レアショップの売り出し方が一つ増える。わかってるな？」

「はいわかってます。それに個人的な問題でも、優勝したいです。いってきます」

「いってらっしゃい！」

僕が優勝した際には、『この店で買い物したおかげで、息子が学年王になれました！』という売り出し文句を店に出すらしい。

個人的には、そっちより優勝後の魔道具と王様権利がほしい。

学校につくと、まっすぐ校庭にいく。

学年王の戦いは、校庭と学校内、屋上が舞台だ。

校庭と屋上では、殺傷力の低い魔法系は許可されている。

ただし校舎内では禁止だ。

武器での戦いは許されるが、極力校内を破壊しないことが条件。

武器は剣士なら木剣。

弓使いなら鏃《やじり》を怪我《けが》しにくいものに変更。

他の武器種も、それぞれ殺傷力の低い物を使う。

死人が出ちゃったら、元も子もないからだ。

「一年生のみなさん、集まりましたか」

副校長が壇上から生徒たちを見渡す。

校長は急務で欠席らしい。

あと今日は一年生だけで大会が開かれる。

「みなさんは初めての学年王ですね。ルールは聞いているでしょう。胸のバッジが下に落ちたらアウト。これは英雄になるための予行演習です。死ぬ気でやれよガキども！」

副校長が唐突に怒鳴る。

気合いを入れてくれたのだろうか。

情緒不安定で僕は怖いです。

ちなみに生徒は配られたバッジを胸につけている。

隠し持つのはルール違反だ。

もし地面、床などに落ちたらそこで退場。あくまで落ちたら、だ。

奪われただけなら取り返せばセーフ。

また奪った相手は、そのバッジを胸につけなくてはいけない。

なんでこんなルールなんだろう?

エルナ先生が指笛を吹く。

「開始一分前だ。それぞれ好きな場所に陣取りなさい。アタシらは審判の立場になる。不正がない限りは邪魔しない」

教師が全員集合しているので、堂々とした不正はし辛い。

ちなみに、学校が指定した武器以外を使うのは一発退場。

つまり僕の魔道具は役立たずとなる。

さて二百人近くいるので、どこに誰がいるのかわかりにくい。

みんな強張《こわば》った表情で、それぞれ距離を取る。

鳥が大空を自由に飛んでいき、ピーッと合図の音が響き渡った。

生徒たちは一斉に動きだした。

学校内にダッシュする人、隠れようとする人、近くの敵を襲う人。

当然、あちらこちらで争いが発生した。

「たりゃあああ!」

僕も木剣で襲われた。

片手で受ける。

もう片方の手は相手の足に向け、【石弾】を撃つ。

「いっづ⁉」

「バッジもらうよ」

木剣の先でバッジを叩《たた》くと、簡単に地面に落とせた。

服に軽く挟むタイプなので、簡単な衝撃でこうなる。

僕も気をつけなきゃ、ちょっとしたことで失いそうだな。

——あれ、なんか囲まれてるんだけど……。

「Sクラスの生徒だよなぁ？　悪いが強いやつは、余力がある内に潰させてもらう」

見たことないが、下のクラスの人だろう。

五人で僕を取り囲む。そっか、こういう手もありなんだ……。

最初はチームで動いて敵を排除していき、最後に残った者たちで決勝戦をするってことだね。

頭いいな、僕は考えもしなかったよ。

「お前ら、撃つ準備はいいか！」

「おうよ」

これはまずい！

校庭だから魔法を使ってくるはずだ。

僕は【石壁】を四方に急いで作っていく。

「やっちまえ！」

【石弾】となにかが放たれたが、壁がギリギリ完成して攻撃を防いでくれた。

「ふぅ、危ない。バッジを弾《はじ》かれたら負けだもんな」

でも自分で進路を防いだ状態でもある。

消えるまでは待機しておこう。

「くそ、どうする？　違うやつにいくか？」

うん、そうしてほしい。そんな願望は崩れる。

「いや、上は空いてる。おい、お前いけ」

やろうと思えば上にも作れるけど、ここは敢《あ》えて作らないでおく。

敵の一人が、壁の外にたぶん移動した。気配でわかる。

様子見で中を覗《のぞ》くか、一気にくるか。

ダッと音がして、壁が蹴られた。

「隠れても無駄だ！」

壁を利用してジャンプ、ななめ上からスキルを打ち込んでくる算段らしい。

中にいては危険なので僕も垂直に跳ぶ。

【跳躍Ａ】がある僕は、敵の頭の軽く上にいけた。

「マジかよ、どんなジャンプ力……？」

上から【石弾】を10で放つ。

狙いは胸のバッジだ。

上手《うま》い感じにバッジだけをかすめて落とすことに成功。

着地と同時に、もう一発別の人に向けて撃つ。

彼は辛《かろ》うじて躱《かわ》したが、僕は距離を詰めていた。

素手でバッジをとってしまう。

ポトッと捨てる。

「あと三人か」

「怯《ひる》むな！　あいつの石弾を見たか、あんなに小さかった。たぶん魔法の才能がないっ」

操作できるだけだね。

【石弾】50を彼の足元に放ったら、慌てて横っ飛びをする。

そのまま地面にダイブした衝撃でバッジは落ちた。

残り二人も、簡単に倒せた。

DとかEクラスの生徒だったのかな。

「うん、出だしは順調だ。バッジも無事だったし…………」

僕は目を疑った。

あれ、僕のバッジ…………どこいった？

◇
◆
◇

敵の攻撃は一発も受けていない。
ジャンプしたときに落ちたのだろうか？
近くに落ちているバッジの数は五個。
倒した彼らの分だ。
「おかしい、僕の分はない。一体誰がっ？」
周囲を見渡したときのことだ。
一人の女子と目があった。
小柄な女子はすぐにうつむく。黒くて長い前髪が目を隠した。
雰囲気暗めの彼女はブーメランを持っている。
そして胸には、なんとバッジが二つもつけてあった。
「まさかそれ、僕のバッジ？」
コクッ、と静かにうなずく。一体どうやって奪ったんだ？
鑑定してみると答えがわかった。

名前：フィシア・オート
年齢：16
種族：人間
レベル：26

職業：学生
スキル：ブーメラン術C　念力

【念力】

〈集中して念を送ることで物質に物理的影響を与える〉


なんてこった……。

そんなの卑怯《ひきょう》じゃないか！

きっと戦闘中に、僕のバッジを【念力】でこっそり移動させたのだ。

救いは、彼女がまだバッジを捨てていないことか。

「……仲間になって。そしたら返す」

もしかすると僕は、大会の攻略法を間違っていたのかもしれない。

バッジは落とさなきゃ失格ではない。

ならこういう風に人質みたいにして、従わせることもできるのだ。

「仲間を増やしていく、戦い方かぁ」

「……違う。それだとわたしのリスクも高くなる。強い仲間が一人か二人いればいい」

手下が増えれば、それだけ奪い返されないよう警戒が必要になるからだ。

僕は戦略に負けたのかもしれない。

ただ、彼女のスキルは使える。

仲間になれるなら、むしろ僥倖《ぎょうこう》なのかもしれない。

「本当に返してくれるの？　いらなくなったら使い捨てされそうなんだけど」

「約束は、守る。残り二人になったら返す」

でも二人になったら僕と直接対決だ。

勝てないって彼女が一番理解している気もする。

なにか策があるのだろうか？

どうであれ、ここは一旦仲間になっておくのも手だ。

「わかった、君を信じるしか道はなさそうだ」

彼女は首肯して、校庭の隅を指さす。

「あっちの木陰に隠れた人がいる。あなたは戦って注意をひいて」

「それはいいけど、君はなにクラス？」

「Bクラス」

「最初から僕を狙ってた？」

「そう。入学試験のときに目立ってた」

デッドリーパーの頭蓋骨を提出して、ぶっちぎりの点数を出して注目を浴びたのだ。

僕らは背後に気をつけつつ、木陰の前に移動。フィシアが生徒に声をかける。

「……隠れてるの、知ってる。出てきて」

「ちぇ、戦いが終わるまで潜んでおくつもりだったのに」

不敵な笑みを浮かべた女子がスッと姿を現した。

武器は所持していない。調べると土魔法を得意とするようだ。名前はシトラという。

基本、校庭に残るのは魔法の得意な人が多いのだろう。

逆に武器タイプは校内に移動したはず。

あそこは魔法禁止なので、もろに腕の差が出やすい。

「いけ、手下一号」

「うーん、僕は名前すら呼んでもらえないのか」

捕虜の厳しさに虚《むな》しさを覚えつつ、シトラに木剣で襲いかかる。

彼女は大地に片手をつけた。

片笑みと同時に、僕の進行方向に土の壁が突如作られる。

でも、くるだろうと読んでいたので僕は難なく飛び越えた。

シトラの背後に着地、木剣を横薙《な》ぎする。

が、彼女は機敏に反応して完璧に避《よ》けた。

サイドステップでこちらとの距離をあけたのだ。

「ひゅー、危なかった。あんたSクラスでしょ？」

「きみは、Aクラスかな？」

「当たり。でも実力的にはS以上。あえてAクラスにいる。なんでかわかる？」

確かに実力はかなりのものだ。

僕には下のクラスに留まるメリットは思いつかない。

「Sクラスって貴族多いでしょ。嫌なんだよね、貴族社会の縮図みたいで。窮屈そうで息が詰まる」

わりと同意できちゃうな。

最初は僕も嫌な人が多いと感じていた。

でも慣れてくると、悪くない人も多いとわかってくる。

「Aクラスの人間が代表に選ばれたら、あんたらSクラスは恥さらし集団になる。そうでしょ？」

「みんな、わりと気にしないかも。それにキミが勝つことはなさそう」

僕は笑顔で、宙に浮いているバッジを指さす。

「……ン？　ンンン？　ま、さ、か」

「次はあっちを見てください」

強い眼力でバッジを見つめるフィシアを指さす。

実は、僕は気づいていた。

シトラが語り出したとき、バッジが胸からゆっくりと離れていくのを。

人は前を向くと、意外と胸らへんは視界に入らない。

話すことに集中していれば、なおさらだ。

シトラもまずいと気づき、バッジを摑《つか》むため激走する。

「待ちなさぁあああああ――」

ポトッ。

残念ながら間に合わなかった。

「まぬけ」

フィシアが強烈な一言を残して去っていく。

うなだれるシトラを尻目に僕も後を追う。

校庭は、かなり様子が変わっていた。

退場者がかなり多いようで、数えるほどしか戦いに参加していない。

そんな中、こっちに猛突進してくる人物が。

「わははははー、油断したなノルッ。こうなったオレは誰にも止められないぜー！」

地味で目立たないけど、スピードスターの異名を誇るケントくんだ。

ものすごくノッていて、確かに厄介そうだ。

あのスピードのまま、すれ違い様にバッジを奪うのだろう。

僕はなんの抵抗もしない。

シュバ――

ケントくんが横を通過する。その際に胸をサワワッと触られた。

「勝ったよーん。これでまた勝利に一歩近づいたってなにもねえ⁉」

「だって僕、バッジ持ってないから」

「どういう意味だってひぎぃっ⁉」

ケントくんの足にフィシアのブーメランが当たり、彼は前のめりにぶっ倒れた。

その際、彼のバッジは勢いよく飛んでいった。

「まぬけ、その二」

僕はなにもしていないけど勝利を収めた。

校庭にいる参加者はとうとう僕とフィシアだけになる。

「……中に入る、準備はいい？」

「手下一号は、いつでも」

僕が肩をすくめると、フィシアは無表情で中に向かう。

すると中から、公爵令嬢のマリアさんと付き人のアマネさんが出てきた。

一瞬警戒したものの、二人ともしょんぼりとしており、胸にはバッジがない。

マリアさんが口を開く。

「あらノルさん……。中に入るなら気をつけてくださいね」

「お二人が負けるなんて、実力者がいたんですね」

「ええ、二人がかりで完敗でした。ノルさんとも親しいあの方です」

エマかレイラさんのどちらかだろう。

ここで、玄関口にエルナ先生が歩いてくる。

「退場者は、余計なことをしゃべらない」

「失礼しました。ノルさん、応援しております」

マリアさんたちは、静かに去っていく。

エルナ先生は僕の胸元を一瞥《いちべつ》して眉をあげたが、すぐに得心がいった表情に変わる。

「ははーん、フィシアの能力にやられたのね」

「一応、最後は返してくれるそうです……」

「純粋ね～」

まあ僕だって素直に返してもらえるとは考えてないけど。

「オシリ先生黙って。あ、間違った、エロナ先生」

「まだ間違ってんでしょうが！」

すごいなこの子……あのエルナ先生にも物怖《ものお》じしていないぞ。

将来とんでもない大物になったりして。

僕らは校内を進んでいく。ちなみに先生は審判のため、後方から観察している。

一階はすでに誰もおらず、二階にあがっていく。

こちらも静けさに満ちていたんだけど、長い廊下に人影があった。

ただ立っているだけなのにオーラがにじみ出ている。強者、レイラさんだ。

「やっぱりきたわね。ほとんど倒しちゃって退屈してたのよ」

「マリアさんたちを倒したのもレイラさんでしたか」

「そっちは、どういう状況？　ノルくんがバッジ取られたって嘘《うそ》でしょ……」

「ははは……まあ一時的な仲間ってことで……」

「ふーん、別にいいわ。わたしは戦うだけ」

堂に入った構えを取る彼女が普通に怖い。

魔法などが禁止されているこの状況では、まともにやっては勝てない。

「フィシア、あの人はいままでとはレベルが違う。策がないと勝てない」

「いままでと一緒でいい」

「いや無理だよ、たぶん通じない」

「通じる。怖さを捨てていけ、一号」

ダメだ、レイラさんを知らないから考えを変えてくれない。

一か八かで、僕はレイラさんの元へ向かっていく。

下段から木剣を振り上げる。

剣速には結構自信あったんだけど、一つの動作で簡単に避けられる。そしてくる強固な拳。

「ひっ」

悲鳴を漏らしつつも、僕は胴体をそらした。当たらなくてホッとする。

【魔拳】は魔法にカウントされず、校内でも使用できる。

あれを受けたら怪我は必至だ。

レイラさんは常識があると信じる。信じる……。

ここで、彼女のバッジが音もなく胸から離れた。

フィシアが【念力】を使っているんだ。

「小賢《こざか》しいこと、やめてくれる？」

レイラさんは浮いたバッジを素早く掴み、また付け直す。ほら、通じなかった……。

しかも彼女のターゲットが代わり、フィシアに突進し始めた。

僕は必死でそれについていく。

「っ……！　生意気」

フィシアがブーメランを投げて応戦する。

バギィ！　と【魔拳】で粉々に破壊された。

驚愕《きょうがく》の顔をするフィシアの胸が、トンと押される。

軽く押したように見えたが、彼女はかなり吹っ飛ぶ。

ああっ、バッジが⁉

二つとも外れてしまって空中に踊る。

僕は必死に手を伸ばす。それに応じるみたいにフィシアも腕を出してきた。

「一号……助けてくれ、るの……」

「絶対に助ける！」

僕とフィシアの腕がすれ違い、二人とも床に倒れる。

カラン。

バッジの落ちた音が一つ、廊下に響いた。

手中の感触に、僕は心から安堵《あんど》する。ギリギリ間に合った。

「……薄情者」

僕は立ち上がり、バッジを胸につける。

「お互い様ってやつかな。あとは一号に任せて」

まあ、特に勝てる気はしないんだけどね！

◇　◆　◇

レイラさんを倒す必要はない。

とにかくバッジを奪えばいいのだ。

頭の中であれこれ考える。

悔しそうにしながらも去ろうとするフィシアの姿に、一つ閃《ひらめ》いた。

僕も【念力】を使えばチャンスがあるかもしれない。

一か八かで勝負を仕掛けてみよう。

５００ＬＰで僕は創る。落ちていたフィシアのバッジに念を集中させてみた。

ふわ、ふわ。

上昇や下降を繰り返しながらもバッジは空中を浮遊する。

大きい物は無理でも小物なら、案外簡単に力を加えることができるな。

これなら作戦が上手くいく可能性はある。

「へぇ、スキル獲得したのね。でもそれは、さっき通じなかったけど」

「フィシアじゃなくて僕が使えば、あるいはって」

「なんとなく、予想はつくわ。上手くいくかしら？」

クイクイ、と指を曲げて僕を挑発するレイラさん。

その予想、裏切ってみせるよ。

僕は誘いに乗ることにした。疾走から木剣の突きに繋《つな》げる。

レイラさんは蜂が舞うがごとき動作でひらりと避け、反撃の目つきに変わった。

こちらもすぐに木剣を引く。そしてなるべく壊されないようにする。

さっきのブーメランを見てもわかる通り、【魔拳】発動で木剣など楽々と破壊される。

そうなれば、魔法も他の武器も使えない僕は負け確定だろう。

彼女の鋭い拳や蹴りを紙一重で見切りつつ、こちらも反撃していく。

「くっ、わかってても速いな」

「ノルくんだって、剣速が確実に上がってるじゃない」

チラッ、とレイラさんは自分の胸元をチェックしている。

警戒を忘れないのだ。

戦いの最中に【念力】を使われるのではないかと。

どこまでも隙がない強敵だ。僕もその手は使えない。

どうせやったところでバッジを捕まれて、同時に蹴りが飛んでくるだろうから。

「状況的に不利。だから僕は、大技でいかせてもらいます！」

少し溜《た》めを作って、そこから【強斬】に繋げていく。胴体に対して薙ぐように使うことで、防ぎにくくしておく。

いくら木剣でも体に当たれば厳しい。

だがレイラさんの冷静な瞳は毅然《きぜん》としていた。

彼女の右拳に、力が宿った。

――バキィィイ！

ブーメランの二の舞となり、木剣はその形状を崩壊させる。空中に木々が飛び散る。

僕もレイラさんもわかっている、ここが勝負だと。

彼女は胸元に視線を送った。

大技の後、わずかとはいえ隙が生じたこのタイミングで【念力】を発動させてくると読んでいるはず。

大当たりだ。

でも僕の視線はバッジではなく、飛散した木々の一つに向けられていた。

なるべく小さいほうが力が加わりやすい。

とはいえ、最低限のサイズは必要だった。

僕は一つに目をつけると、【念力】を発動した。

「ッ⁉」

木の破片が銃弾のように動き、レイラさんの胸のバッジを弾き飛ばす。

彼女は、僕がバッジに直接力を加えてくると読んでいた。

だから視界の外からくる物体に反応が一瞬遅れてしまったのだ。

「まだよ！」

レイラさんは弾かれたバッジを腕を伸ばして追う。

そのバッジと彼女の間に、低い姿勢で僕は体を入れた。そして顎をめがけてアッパーを繰り出す。

「うっ」

唸《うな》るような声こそ漏らすが、レイラさんは咄嗟《とっさ》に上半身を反らし、アッパーを完璧に躱した。

その反射神経には敬意を表したい。けど今回は僕の勝ちだ。

カラン。

背後の床にバッジが落ちた。

「ふぅ……ギリギリでした」

「やるわね。まさか破片のほうを操作してくるとは思ってもみなかった」

「バッジを動かしてもレイラさんなら、絶対キャッチしますから」

「なんにせよ、今回はわたしの負けね。このままの勢いで優勝しちゃって。ノルくんにはその力があるはず」

爽やかに告げて、レイラさんは颯爽《さっそう》と退場していく。

すぐに負けを受け入れて、文句の一つも言わないのは素敵だな。

さて、僕は落ちている木剣を拾う。

「半分くらいは残ってるし、一応持っていこう」

その後、二階と三階を探したがもう誰もいなかった。

エルナ先生が話しかけてくる。

「おそらく、屋上にいる生徒ですべてよ」

僕もそう思うので屋上の扉を開けた。

穏やかに吹く風が肌に心地いい。

屋上に佇《たたず》む生徒は一人だけだった。

「やっぱり残ってたんだね、エマ」

「やっほー、遅かったじゃん」

エマは、すでに屋上の生徒たちを退場させていたのか。

それはそうと、僕はエマの服装に注目する。

いつもの見慣れたものじゃない。

肩や腹を派手に露出させ、胸元だけは隠したチューブトップにミニスカート。

スカートはすそがボロボロに破れていたりする。

それだけ戦闘が激しかったんだろうけど、ちょっと見えそうで直視しにくい。

「そ、その服、いつもと感じ違うね」

「気合い入れてみたんだ。動きやすさも悪くないし」

「ふ、ふーん。と、ところで、僕らが最後らしいよ」

「うん、そんな感じする。あたしとノルが真剣勝負なんて、いつ以来だろ」

「……かなり昔だね。僕がいつも負けていた」

短剣と風魔法に対して、いつも遅れをとっていた。

エマは木製の短剣を両手に構え、キリッとした顔つきになる。

「いまは、あたしが挑戦者だよ」

「ここは基本的になんでもあり。お互いの技が活《い》かせるはず。いくよ」

僕はジリジリと一歩ずつ距離を詰める。

するとエマは、なぜかその場で大きめのジャンプを始めた。

ウォーミングアップにしては力を入れて跳んでいる。

そのせいもあり、動く度に胸がものすごくゆさゆさと揺れていた。

露出が高い上半身に、下もミニスカートなので、なんだか変な視線を送ってしまう。

「まあまあ、準備運動くらいさせてよ」

今度は、柔軟運動を始めるエマ。

上半身を前に倒したときに、胸の谷間がくっきりと見えた。

体を左右に捻《ひね》る度に、揺れるスカートの裾。

白い太もも、そしてその上には……。

僕は頭を左右に振って煩悩を振り払おうとするが、眼前にいる敵から目を逸《そ》らすことは危険だ。

いつ攻撃されるかわからない。

「ま、まだ？」

「もうちょっと。ん〜っ」

今度は、なぜか胸を寄せてあげ始めたじゃないか。

僕の理性も本能を抑えきれなくなった。とはいえ、力漲《みなぎ》る下半身で戦うわけにはいかない。

ここにはエルナ先生もいる。

戦闘中に欲情しているなんて思われたら恥もいいとこだ。

そこで僕は腰を引いて、なるべく目立たない構えに変更する。

「いくよノル！」

「わっ、いきなり⁉」

落ち着くまで、柔軟運動しててほしかったのに……。

エマの猛攻を折れた木剣で防ぐ。さすがに無理がある。

防戦一方を強いられ、腰を引いたまま一旦離れようとする。そこを狙われた。

ゴウッ、と【風撃《かざうち》】が発生して、僕のバッジをさらっていく。

僕には当たらない角度から、上手に狙われたのだ。

数メートル先に飛ばされた、いまにも落下しそうなバッジに必死で念を送る。

床の10センチ上でギリギリ浮いた……。

「あやうく、負けるところだった」

バッジを摑んで胸につけ直す。

「な、なんのスキル？　また新しいスキル取ったんだ。でもあたしだって成長してるよ」

エマはなにもない空間を蹴りながら、空中を移動してくる。

「なっ」

「風蹴――なにもない場所を蹴る瞬間、風の力で足を支えてるの！」

機敏だし、思い切りはいいし、僕は相変わらず腰が引けたままだし、対処が難しい。

反射的に小さめの【石弾】を撃つしかない。

蹴られて弾かれたっ。短剣が僕の胸元を素早く通過する。

バッジが落下するので【念力】に集中する。

「まだ落ちないの！」

エマが叫んだ。ギリッギリで間に合った。僕は拾い上げると逃げるように離れる。

「エマ、今度はこっちの番だよ」

【水玉】を相手の足元にガンガン放っていく。

身軽な彼女には当たらないが、床を濡《ぬ》らすのが目的だ。

水だらけになると、今度は【氷結球】にチェンジ。

これだってエマにとっては問題ないだろう。

でも目的は水を凍らすことにある。

「やだ、なんか滑るんだけどっ」

プラス、体感温度も下がってきているはず。

滑らないように注意を払ったエマは、かなり無防備だ。

【石弾】を最小にして、胸元を狙った。

「あっ！」

カラン、とバッジを落とすことに成功した。

僕はとりあえず、滑りそうなエマを助けにいく。

「ほら、摑んで」

「ありがと〜、敵なのに」

「もう敵じゃないけど？」

「そっか、そうだった。……やっぱ強いよ、ノルは」

「エマも成長してたよ。念力がなかったらバッジ確実に落とされてたし」

「えっへへ〜。負けちゃったけど成長見せられたなら良かったぁ」

笑顔が可愛《かわい》い。そして間近で見る肢体のセクシーさがやばい。

肉体的成長もしかと見させていただきました……などとは口が裂けても言えないけど。

ここで、エルナ先生が拍手しながら言う。

「おめでとう、ノル。他の生徒は全員退場。つまり、アンタが学年王よ」

「やった、僕が優勝……！」

両拳に力を入れ、勝利のポーズを決めながら喜ぶ。

ギリギリの戦いだったけど、どうにか制した。

「ところで、いつまで腰を引いてるのよ？」

エルナ先生が意地悪げな顔をする。

苦笑しかできません！

「……喜ぶべき、なのかなぁ」

エマが恥ずかしそうにつぶやいた。

７話　体を失ってでも

学年王決定戦が終わり、僕は壇上で副校長に表彰されている。
よくぞ勝ち抜いたという賞賛。
そして次は、他校との交流試合の代表として精一杯励めという内容だ。
学年王になると自動的に代表に選ばれる。
それはともかく、学年王になれた達成感で３０００ＬＰを得た。
僕のＬＰは現在約１２５００ほど貯《た》まっている。
さらにこれから二つの収入源がある。
まず一つ目が開始された。
「学年王へ魔道具を贈与する。次の中から好きな物を選ぶといい」
三人の先生がそれぞれ別の魔道具を持って僕の前に並んだ。
好きな物をゲットできるのは嬉《うれ》しいな。
一つずつ調べていく。
『吹き飛ばしの木槌《きづち》』『隠匿の首輪』『月の雫《しずく》』。
ランクＢとランクＡで、どれも魅力的な魔道具だった。
ただ僕はＬＰ変換量を最優先する。

３０００、４６００、７０００。

月の雫がぶっちぎりで高い。

これは月夜の晩に体力と魔力が強化されるスキルが入っている。

強いといえば強いけど、月夜の晩に戦うことってあまりないんだよ。

月の雫をいただいた。さすがにもらった直後に変換はできないので後に取っておく。

「もう一つ、学年王には王様権利が与えられる。本日だけ、全校生徒に命令ができる」

そう、これを待っていた。

過度の要求は無理だし、生徒側が心底拒否してきたら命令は無効になる。

ＬＰに役立ち、かつみんなに拒否されない内容。

僕はもう考えついている。

「学年王として、命令させてもらいます。みんなは僕と――ハグしてください」

生徒たちがどよめく。

なんでハグ？　みたいな反応がほとんどだ。

「ハグ、でいいのかね？　一年生、約二百人と」

「あっ、女子だけで大丈夫です」

男子はＬＰ入らないので。

「おいおい、スケベだな～」

そんな冷やかすような声が飛んできた。

「では男子もやります？　男同士でハグしても、微妙かなって」

「……まあ、それは確かに」

別に僕とハグなんてしたくない彼らは大人しくなった。

「ハグしてあげても良いという方だけ、並んでもらえますか？」

生徒たちにそう声をかけて、僕は壇上から下りる。

すると女子たちは案外ノリノリで列を作った。

僕がちょっと驚いていると、副校長がニヤリとする。

「当たり前さ。いつの時代も女性は、強い男を求めているのだから。……おれも女子とハグしてぇ」

最後の一言までは、かっこ良かったです。

一番目の女子に、念のため意思確認する。

「いいですか？」

「……はい」

やっぱり少し照れるようだ。

僕はハグをして、ＬＰが入ったのを確認したら離れる。

かなり緊張したけれど、何回も繰り返していくうちに少しずつ慣れていく。

ちなみに、なぜか列にはあのフィシアもいた。

「ええと、ハグしてもらえるんですか」

「……悔しいけど、知り合いになっておく」

「ははは……了解です」

それって僕が使えそうだから一応ツバつけとく的なやつかな。

素直すぎるけど、応じさせてもらう。

初めての女子とハグをして入るLPはせいぜい数百だ。

数字は相手の魅力度……要するに僕の好みかどうかで変動する。

やはり可愛《かわい》い人ほど多く入る。

ハグを拒否した人は数人だけ。

女子生徒は百人弱いるため、約九十人分のLPをいただけたことになる。

「これ、過去最高じゃないか……！」

約２６０００も入り、元々のと合わせて３８５００。

さらに魔道具も後で７０００で変換するので、合計４５５００LPにもなる。

この大会は僕にとって最高のものになった。


ちなみに代表者は後日、他校との顔合わせがあるらしい。

放課後、僕はエマと一緒にオーディンに向かう。

ローラさんも密《ひそ》かに応援してくれていたので、報告にいくのだ。

途中、エマが質問してくる。

「明後日《あさって》ってなにか用事ある？」

「特に予定はないよ」

「うちのパパたち、旅行でいないんだ。久々にノルの家で晩ごはん食べてもいい？」

「もちろん、エマならみんな大歓迎だよ」

「嬉しい～っ！　ありがとっ」

かなり嬉しかったみたいで腕を組んでくる。

でもかなり刺激的な服を着ているわけで、感触がダイレクトに伝わってくるんだ。

こっそりLPが入っていた。こちらこそありがとう。

ギルドに入ると、ローラさんに大会のことを報告する。

自分のことのように喜んでくれた。

「でも私、ノルさんなら勝つだろうなーって信じてたんです。そしてハグ大会があったなんて……。私も個別に参加させてく、だ、さ、い、ね」

そう言って、僕に抱きついてくる。

ジト目のエマに対して、ローラさんは驚いたような顔をした。

「なんです、その服？　痴女が好みそうなセンスですこと」

「む……悔しいけど、言い返しにくい」

「個人の趣味にあれこれ言うつもりはないですけど、時期が悪いですよ」

「時期ってなに？」

「最近、娼婦《しょうふ》や派手な格好をした女性が殺害される事件が起きてるんです」

ローラさんいわく、オーディンの女性冒険者も一人襲われたとか。

不幸中の幸いで、辛《かろ》うじて命は助かったが、大怪我《けが》を負った。

「マスターはご立腹です。このまま犯人が捕まらなければ、犯人狩りを始めるかもしれません」

心なしか、ギルドの雰囲気が暗い感じもする。

「でもノルさんは関わっちゃいけません。Aランク試験の日程が決まるまでは、大事にしてくださいね」

「あたしには、なにかないの？」

「……エマさん、棺《ひつぎ》にはなにがほしいですか」

「死なないし！　いつもこんな格好してないんだからっ」

「そうでしたっけぇ？　話半分に受け取っておきますねー」

エマとローラさんがいつものような会話をする。

この二人って、会話のテンポはかなり嚙《か》み合《あ》ってるんだよね。

ともあれ、エマが心配なので僕は家まで送り届けた。

次にレアショップに寄って、入り口前で父親と虎丸に学年王になったと告げた。

「ひゃっはーーーっ。これでこの店、さらに繁盛していくぜ～」

『さすが我の友達だ。最近、我も頑張って素材を集めている。加えてオリヴィアの素材調達もあって、売り上げが前月比で２・５倍だ』

「すごいじゃないか！　虎丸と師匠がいればこの店はもっと繁盛するよ」

『みんなで頑張っていくぞ』

「よっしゃ、今日はノルを祝うぞ！　ガバガバ飲んでやる」

今日は早めに店じまいして、僕のお祝いをしてくれるみたいだ。

父上が酒を飲みたいだけなんじゃないかって疑惑は抱かないでおきますね。

◇◆◇

隠しダンジョンの十七層に、僕は再び足を踏み入れた。

相変わらずの大自然が広がっている。

綺麗《きれい》な砂浜と海、森のような木々。

小さな島にでもやってきたと錯覚させてくれる。

僕は砂浜を歩きながら海の感触を確かめた。

「波の引きとか、再現力がすごいな」

それとも本物なのだろうか。貝殻とかも少し落ちている。

少し和んでから森のほうへ。

小さな虫や毒蛇が生息している。それらが、たまに襲いかかってくる。

斬り捨てて先に進んでいく。

湿度が結構高くて汗をかくし、べっとりとして不快感がある。

何十分か探索したけど、魔物には遭遇しなかった。そして広さはかなりのものだとわかった。

「……階段、見つかるかな。大賢者、使ってみようか」

耐性はあるけど、価値ある情報ほど頭痛が強い。少々怖いが質問した。

【南に480メートル、北東に1129メートル、北に683メートルの位置にあります】

「三つあるってこと⁉」

あまり経験がないパターンだ……。

それともいままでも本当は何個か階段があったのだろうか。

そういや道が分かれている階層もあったよな。

ひとまず一番近い南からいこう。外の世界と同じなら木を斬って株を見れば方角はわかる。

ただ、どうしても僕は周囲を気にしてしまう。

少し前からねっとりとした視線を感じるのだ。監視されているみたいな感覚だ。

「誰かいるの？」

呼びかけてみるが反応はない。

とにかく木や草が多いので隠れる場所はたくさんある。

手を出してこないなら階段を探そうと切り替えたが、背中をみせた瞬間に風を切る音がした。

振り返る。槍《やり》が飛んできた。

僕はしゃがんで直撃を避ける。まだ相手の姿は見えない。

樹木に突き刺さった槍を抜いて穂先を調べる。

なにか液体がぬられてるな。
たぶん、毒液みたいなものだろう。
「殺しにくるなら、こっちも反撃させてもらうよ」
僕は槍が飛んできた方向に【石弾】を何発か撃つ。
すると木の上に、顔を木の仮面で隠した男が姿を出す。
上半身は裸、下半身は腰蓑《こしみの》のようなものを着けている。
こいつが槍を投げてきた。
覇者の盾を出して、ガードする。
君たちの攻撃はまったく通じないというメッセージを込めた。
複数の方向から槍が何本もくる。
ただ、ほぼ正面側からなので、余裕で受けることができた。
全部で五、六人くらいかな？
槍が足りなくなったのか、攻撃が止《や》んだ。
盾をしまって、爆風のモーニングスターを取り出す。
十三層の闘技場で入手した武器だ。
僕は走り出す。敵の一人が隠れている木に鉄球を投げる。
当たったと同時に小さな爆発が生じる。だが本命はこの次。
とてつもない爆風が発生した。スキルとして入っているのだ。

「ヒグ……ッ」

小さな悲鳴がして、隠れていた何人かが吹き飛ぶ。

木の上にいたのも落下した。

「俺ガ、相手ダ！」

一番体格の大きいのが僕の前に立つ。

みんな仮面や格好は同じなので、この島の部族なのかな？

彼は鍛えあげられた肉体には似合わないオシャレな竪琴《たてごと》を胸に抱いている。

「それで演奏会でも開いてくれるの？」

「笑止」

ぽろろん。

彼が指で竪琴を撫《な》でる。

曲とはいえない単調な弾き方だけど、音色自体は素晴らしい。

なんて、感心している場合ではなかった。

空から弓の雨が降ってきたからだ。

「うわっ！　あぶなっ⁉」

バックステップで大きく下がる。ザザザザ！　と地面に何本もの矢が突き刺さる。

十本くらいはあるだろうか。

ぴろぴろぴろろん。

また仮面男が音を出すと、再び空から凶器が降り注ぐ。

今度は矢じゃなくて、人の頭よりも大きい鉄球だった。

衝撃がすごそうなので盾で受けるのも少し怖い。

鉄球の隙間を縫うように、しかし前進していく。

受け続ければじり貧。使用者を一気に叩《たた》くのが勝利への道だ。

僕は鉄球の雨を抜けると、【水玉】と【紫電】を組み合わせたスキルをお見舞いする。

感電する水の玉を受けた仮面男は、苦しそうに大口を開けて倒れる。

僕は落ちた竪琴を拾う。

剣を抜き、仮面男の首筋に刃を当てた。

「言葉は通じるかな。君たちは人間？」

「侵入者ハ、全員殺ズ」

鑑定はできない、か。

でも大した強さではないだろう。

【槍投げ】くらいはあるかもしれないな。

「全員って、僕以外の侵入者なんているの？」

「イル、ソイツモ殺ズ」

いるんだ……。おっと、ここで別の仲間が短剣で斬りかかってきた。

バックステップで一旦離れる。

「一度逃ゲルゾ。モット、強イ武器ヲ探ズ……」

仲間を起き上がらせ、全員で退却していく。

「武器を探す、か」

持ってくるとかではないんだね。

もしかしてこの竪琴も、この階層で探して見つけたものとか？

ひとまず鑑定をしてみる。

【オールファウスの竪琴　ランクB　スキル：武器降らし】

弾き方によって様々な武器を上空から降らすことが可能と。

単調ではあるけど、体験してみると結構な恐怖感があった。

変換すると4900LPにもなる。

少し迷ったけど、変換することにした。

これでLPが5万を超えた。かなりいい感じだ！

日頃のLP貯蓄に加え、武器変換を入れると一気に貯まっていくね。

「階段を探す前に、僕もアイテムを探そう」

せっかく知らせの鈴があるのだ。活用していく。

音が鳴ると自分の居場所を知らせることになるが、気にせず使用。

弱々しいものの、鈴が鳴った。
歩き回って強く鳴るほうを探す。一本の木の前で、かなり大きな音を立てた。
「この木に、隠されているのかな?」
根っこから幹から枝から葉っぱまで、念入りに調べていく。
結果、なにも見つからなかった。幹の中に隠されていると考え、切り倒した。
そして幹の中に——なんにもないですけど!
えぇ……どういうことだろう?
確かに鈴は強く鳴っているのだ。
試しに鈴を持った手を上に伸ばす。次にそれを地面すれすれまで下げる。
これで判明した。
「土中かっ」
そうとわかれば異空間からスコップを取り出して掘っていく。
諸刃《もろは》の剣を得るときに創った【掘削】があるため、穴掘りは得意だ。
十五分か二十分ほど掘り続けると固いものにスコップがぶつかる。
木の宝箱があったので取って地上へ。
開けると中には長い……紐《ひも》?
【グレイプニル　ランクB　魔獣拘束】

魔獣限定ではあるけど、拘束しやすくなるらしい。
ただ特に使い道は思いつかないので変換しておく。
３８００ＬＰをゲットだ。
鈴を持ちながら移動して、次の魔道具を探す。
二つ目も土中の中に隠してあった。

【熱のフライパン　ランクＢ　帯熱】

フライパンに二十秒触り続けると、物を焼けるほど熱くなるようだ。
これ、素晴らしい道具だよ！
冒険などしていると、休憩のときに食事をすることはよくある。
これがあれば、いちいち火をおこしたり、木を集めなくてもいいんだ！
変換しても２８００と低めなので、これは所持しておくことにした。
ガサガサッ。
葉擦れ音がしたほうを確認すると、仮面の二人組が全力疾走していく。
僕には全然気づいていない。
狩り？　いや、逆に逃走っぽいな。

背後をやたら気にしている。

彼らが走り去ってすぐ、蹄《ひづめ》の音がして追跡者らしき存在が通過していく。

それは僕もよく知っている槍使いの魔物……。

そう、馬に乗ったブラックランサーだった。

◇◆◇

長い黒髪の男。

目が真《ま》っ赤《か》に光り、人間ではない。

兜《かぶと》はないが、鎧《よろい》は装備している。黒を基調とし、ところどころ金で装飾された立派なものだ。

武器は鎧と同じ真っ黒で長い槍。

跨《また》がっている赤馬も印象的だ。

「あいつ、ここにも出るのか⁉」

いいや、神出鬼没なんだから出てもおかしくはない。

仮面の部族が言っていた、僕以外の侵入者ってあいつだったんだ。

追うべきかで迷う。

気づかれてはいないし、このままやり過ごすこともできる。

が、僕は自然と動きだしていた。

今後もブラックランサーに怯《おび》え続けながらダンジョン攻略なんてごめんだ。

なにより、いまなら勝機はある。

しばらくすると、雄々しい叫び声が聞こえてきた。

ランサーが進んだほうに走っていく。

砂浜が見える開けた場所で、七、八人の部族とランサーが戦闘中だった。

すでに死体っぽいのが複数ある。

部族が不利かと思いきや、ランサーの馬が穴に落ちてもがいている。

「罠《わな》は事前に準備していたんだ」

部族が一斉に槍投げを行う。

「侵入者、殺ズ！」

穂が当たっても鎧には傷すらつかない。

「弱きモノに用はない」

ランサーが槍を無造作に振った。

死体の数が増えていく。

「俺ニ任セロ！」

鞭《むち》を持った仮面男が、器用に使ってランサーの腕に巻き付ける。

というか、ランサーは逃げる気すらない。

「馬鹿メ」

鞭の先端に電気が発生する。

【麻痺《まひ》の鞭　ランクC　スキル：感電テール】

魔道具だったのか。

使用者はダメージをうけないように先っぽだけ効果が出るのだろう。

まあ、ランサーには通じていないけど……。

「効カヌカ……ナラバ、コチラヲッ」

あっさり鞭を捨てた仮面男は、腰蓑に装備していた細い木の杖《つえ》を取り出す。

先端をランサーに向けた瞬間、火の塊が飛び出た。

それも一つじゃなく、三連続で。

【三炎の小杖　ランクB　三連火炎弾】

さっきのより威力がある。

これはさすがに難しいんじゃないかと期待したが、ランサーは槍を振り回し、あっさりと三つとも斬り捨てた。

知ってはいたけど、やはり化け物だ。

これがランサーの能力になる。

名前：ブラックランサー
レベル：666
スキル：壊滅突き　隠し突き　槍投げS　全魔法耐性B

「強きモノを探している」

ランサーが強烈な突きを仮面男の胴体に決める。

血肉が飛散して、仮面男は即死だった。

【壊滅突き】だと思う。

以前会ったときは、【耐久刃S】が入っていた剣ですら一発で破壊された。

たぶん、盾で受けても同じことになるだろう。

ランサーの残党狩りが終わると、赤馬がようやく穴から脱出した。

おもむろに赤馬に跨がり、こちらに顔を向けるランサー。

「強きモノ、ここにいたか」

「やあ、こんな僕のこと覚えてててくれて、光栄だよ」

忘れてくれても、構わなかったけどね。

「此度《こたび》は逃がさん」

「今回はギリギリまでは戦うよ」

本当に危険なときだけ逃げる。

「ゆくぞ」

赤馬が嘶《いなな》き、走り出す。

ただ直線上ではなく、円を描くみたいに走り続ける。

中心に置かれるのは、もちろん僕だ。

何周もぐるぐると回ってから、突然進路変更して突進してくる。

騎乗から繰り出される強烈な突き。直撃なら命すら貫かれるだろう。

僕は横っ飛びでどうにか逃れる。

下手に槍を受けるのは危険だ。

赤馬はまた同じ動きを繰り返す。

「体力をじりじり奪うつもりか？　それとも目を回すのが狙いかな」

あの赤馬がいる限り、ランサーの機動力は高いままだ。

あっちを先に潰そう。

【躓《つまず》き癖】を創り、それを赤馬に付与する。

２０００ＬＰだったが、迷いなく行った。

あとは待つだけ。赤馬は再び僕に体を向け、走ってくるが——

「ヒヒーッ⁉」

なんにもないところで躓き、倒れる。ランサーはいち早く察して、一人で下におりた。

僕は間髪容《い》れず近づき、赤馬が起きる前に喉元に刃を突き入れた。

……倒せた。これで闘いやすくなるかな。

「我が愛馬を、倒すか」

「君は、どうして強い者を倒したいんだ？」

「それが我の本能、生存理由」

隠しダンジョンが生んだ存在なのだろうか？

でもこいつは、侵入者だけを狙っていたわけじゃない。

「強い者に会いたいなら、もっと下層へいけばいいと思うけど」

「我が移動できるのは十九層まで」

でも師匠の元に現れたことはないし、ドリちゃんだって最近初めて遭遇した。

「君は何百年、または何千年も戦い続けてたわけじゃないの？」

「我が目を覚ましたのは最近のことだ」

ってことは、攻略者がキーになっているのかも。

ある程度の階層にたどりつくと、目が覚める仕組みなど。

なぜ強い者を見境なく狙うのかは謎だ。

強い魔物が生まれたら排除するバランサーみたいな立場？

強すぎる魔物が他を全滅させて階層が機能しなくなるのを恐れたのかな。

……いま考えるのはそこじゃないか。

「話すのも飽きた。強き者、我を倒しにこい」

「言われなくても、いくよ」

【槍投げＳ】に編集で次の一文を加える。

〈投げた槍は、勢いをつけて自分の心臓に戻ってくる〉

必要ＬＰは５０００と大きめだ。

あとは近づかないで、僕は遠目から魔法を放つ。

【魔法融合】で【石弾】と【白炎《はくえん》】を混ぜたもの、【水玉】と【紫電】。

あとは【氷針】などをどんどん放っていく。

ランサーは高速の槍さばきで凌《しの》ぐ。

感電する水まで槍で斬った。だがその際、感電した……はずなんだけど、ほぼダメージがない。

【全魔法耐性Ｂ】の効果か、肉体が単に強すぎるだけか。

「小賢《こざか》しい技など通じぬぞ。その剣は飾りか？」

「バレちゃったか。でも僕は剣でなんて戦わないよ」

「……見損なったぞ！」

怒りに任せてランサーが槍を投擲《とうてき》する。

挑発が成功した。これを待ってたんだ。

【槍投げＳ】ともなると凄《すさ》まじい迫力と速度だが、くるとわかっていれば、反応はできる。

僕は槍がランサーの手から離れる直前、地面にダイブした。

槍は当たらず砂浜のほうへ飛ぶ。

いくら文章を編集しても、木などに穂先が刺されば槍は戻ってこないか、勢いが弱まったまま戻るはず。

それじゃ倒せない。

でもいまはなにもない空間を飛ぶ。槍は緩く弧を描いて、方向を変えてランサーに返る。

同時に僕は剣を収納して、所持する貫通の槍を出して走った。

「ぉおおおおお！」

投擲された槍が心臓に高速で戻っていく。

ランサーはやっぱり化け物で穂を片手で摑《つか》んだ。

「ぐふ……」

でもお腹《なか》はガラ空きだった。貫通の槍は【貫通力】が付与されている。

鎧を貫き肉を刺す。

「槍使いが槍で負ける気分はどう？」

「……負ける？　笑わせるな」

ゾクゾク、と背筋に寒気が走る。

まだ、勝負は決まっていない。

ランサーが自分の槍の柄に手をかけた。僕は貫通の槍を引き抜き、一旦下がる。

相手は口から血を流している。効いているはずだ、確実に。

もう一撃、槍を入れられれば勝てる！

そう意気込んだとき、左腕に激痛が走った。

「……痛っつ⁉」

強烈な痛みに左腕を確認すると、肩から下がなくなっていた。

噴き出る血液が、ぴちゃと顔にかかった。

「ぼ、僕の、腕、が……」

大地に転がっていく。

なんで？　誰にやられた？　背後にも横にも誰もいない……。いるのは前のランサーだけ。

けど、あいつは槍を少し持ち上げただけでなにも……。

「まさか」

「終わりだ」

「ッ⁉」

やばいっ！　僕は死ぬ気でバックステップをする。

下がる途中、風圧を感じ、前髪が切られ、それに額の皮膚に鋭い痛みが走った。

幸い、軽い痛みで済んだ。

「隠し突き、か……」

披露していないスキルをここで出してきたんだ。

モーション自体を隠してしまうなんて、想像もしなかった。

ランサーが僕の落ちた左腕を穂で突き、空中に放り上げる。

「それやめ――ああっ……」

無残にも切り刻まれた。指や肉や骨がバラバラになって地面に撒《ま》かれた。

くそ……僕の大事な左腕が……。

「互いの疲弊は五分といったところ。次が最後の一撃だ」

ランサーも限界に近いのだ。

片腕じゃ槍は厳しい。槍をしまって諸刃の剣に替える。

【迷宮階層移動】は使える。逃げることもできるが、ここで決着をつけたい。

「オオオオオ――」

僕は雄叫《おたけ》びをあげて走り出し……苦悶《くもん》の表情を作った。

そして、その場に片膝をつく。

「我が槍、貴様を破滅に導く！」

ランサーがここぞとばかりに怒りの突きを繰り出してきた。

こちらもほぼ同時に、何百回とやらされた動作を行う。

立ち上がり、穂を避けながら体をターンさせ、その勢いを利用して剣を薙《な》ぐ。

僕の剣がランサーの首を撥《は》ね飛《と》ばした。

刹那の判断とタイミングの差で、この世に残る命が決定した。

「はぁ……、はぁ……、エルナ先生の授業で習ったことが、役立った」

とはいえ、こんなに痛い勝利は生まれて初めてかも。

僕の左腕……を持ち帰る気にはなれない。

階段探しもちょっと無理だな。でもアレはいただかないと。

激痛に耐えながら、ランサーの槍を拾う。

「君の武器を、僕の力に変える」

５００ＬＰだった。普通の武器よりは多いけど、並の武器のカテゴリーかな。これであの破壊力は恐れ入る。

次は、仮面男の麻痺の鞭と三炎の小杖も頂戴しておく。

「もらっていくよ」

変換は二つで５５００ＬＰだ。変換してから、階層移動のスキルを使う。

穴に入る前、最後にランサーに視線を送る。

いままでで、一番の強敵だった。

僕のレベルは、２００を大きく超えていた。

8話　顔合わせ

「お兄様っ⁉　いかがなさったのですか！」

朦朧《もうろう》とした意識ではあったけど、なんとか自宅にたどりついた。

すでに外は真っ暗だった。

住み慣れた家に安堵《あんど》したせいか、僕は玄関で倒れてしまった。

「……やぁ、アリス」

「ひ、左腕が……ッ。みんな、お兄様が大変です！」

アリスが叫ぶと両親、虎丸、師匠が玄関に駆けつけてくる。

絶句する父上たち。

父上がここまでシリアスな顔になるなんて、いつ以来だろう。いや初めてかもしれない。

でも歴戦を乗り越えてきた師匠はとても冷静だった。

僕の傷口を見ると、なにかのスキルを使った。

ポゥと掌《てのひら》から淡い光が生まれ、僕の傷口を癒やす。

『ノルくんダメだよ、肢体を失ったら血止めをしなきゃ。失血で死んでいくのが多いんだから』

「優しくしてくださいよ師匠。腕失ったの初めてなんですから」

『そのくらい口を利ければ大丈夫。他人回復させるのは苦手だから大した効果はないけど、ここから病気になったりするのは防いだよ』

「助かります。だいぶ楽になった気がします」

「オリヴィアさん、お兄様を助けてくださいっ。必要なら私の命を使っても構いません！」

「お、俺のも構わん。でも、できればみんな生き残る方法で！」

アリスと父上が取り乱す。

『落ち着くのだ二人とも。まずは我がノルを治癒院まで連れていこう』

「おおそれだ！」

父上とアリスが虎丸の背中に僕を乗せようとするが、師匠がストップをかける。

『その辺の治癒師に見せても、大したことはできないよ～』

『ではどうしろと言うのだ？　我が友をみすみす死なすことなどできぬ』

『そんなんオリヴィアも一緒だしー。だいじょーぶ、ノルくんだけができる方法で治せばいいの』

僕ができる方法……ＬＰ、そしてスキルを創ることか。

『最近ＬＰ集め頑張ってたよね。いまいくらある？』

「約５３０００です」

『やるじゃーん！』

師匠は弾《はじ》ける笑顔を作ると、僕の胸に指を一本当てて話す。

『左腕再生スキル、作ってみよっか～』

「じ、人体って再生するんですか？」

『するする。オリヴィアやノルくんの場合』

二百年以上前、師匠はすでに創っていたのか。

【左腕再生】　２００００ＬＰ

師匠を信じて迷わず創った。

伝えると、師匠は指で丸を作る。

『編集で高速再生を追加したり、初めからそれで創る方法もあるけど、もっと高くなっちゃうからさー。それでも一晩ぐっすり休めば生えてくるはず～』

ありがたいけれど、僕の体はまともなのか逆に心配になってきちゃうな。

父上や師匠に体を支えられながら、自室のベッドに移動する。

アリスがすぐに水を持ってきてくれたのでそれを飲む。

みんなに顔を見つめられながら枕に頭を乗せると、急速に全身の力が抜けていく。

まぶたも重くて閉じてしまう。

左腕、元の状態で生えますように……。

◇　◆　◇

頭がぼんやりとする。

そんな中でも誰かの声が聞こえてきた。

「……いや、今回は断ろう」

「でもあなた、大事なお客さんなんでしょう」

「お兄様は私が見ています。容体も安定していますし、腕も生えてきました。オリヴィアさんだっています」

父上、母上、アリスの三人が会話している。

っていうか、いま腕が生えてきたって言った？

僕は左手に力を入れてみて感動する。

体を起こして、目で直接腕を確認した。

左だけ袖がない服から、肌色の腕がちゃんと伸びていた。

軽く触って眺め、さらに興奮する。間違いなく、失う前の僕の腕だから。

「おおノル、起きたのかっ」

「お兄様、平気ですか！」

「うん、僕なら平気だよ。本当に腕が生えたのには驚いてるけど。辛《つら》さや苦しさもない」

良かった、とみんなが僕の体に優しく触れる。

疲労感がないといえば嘘《うそ》になるけど、これは昨日の戦闘が激しかったせいだろう。

師匠と虎丸はリビングにいるらしいので下りていく。

『オォーン！　腕が生えてきたか！』
『だから言ったでしょ〜、オリヴィアはたまにしか嘘つかないから！』
「師匠も虎丸もありがとう。おかげで、無事腕も戻りましたよ」
『でも万全じゃないからねー。もう一日か二日は安静にしてな〜』
握力や感覚などが元に戻るまで、もう少し時間がかかるようだ。
リハビリすればその時間は短縮できるのだとか。
お腹《なか》が空いたので食事をとることにした。
食べながら、先ほどの父上たちの会話について教えてもらった。
昨日、レアショップでひいきにしてくれる客に食事に誘われたのだとか。
結構な地主の人で、商品もたくさん購入してくれる上客。
そんな彼の家で今夜、食事会が開かれる予定らしい。父上が言う。
「うちの家族はもちろん、虎丸やオリヴィアさんも招きたいって言ってくれたんだ」
「僕に遠慮せずいってください。僕はさすがに休みますけど、体調は悪くないので」
レアショップの経営にとってもプラスだろうしね。
僕が無理してないのが伝わり、家族は参加することに決まった。
すぐに準備を整え、父上たちは出発した。もう午後の五時すぎだったのだ。
僕は相当な時間、眠っていたらしい。
一人になると、天井を見つめてぼんやりと物思いにふける。

腕再生にだいぶ消費したが、まだ約３３０００ＬＰも残っている。

ひとまず目標は10万なので、また地道にアイテム変換を頑張っていこうか。

十七層には、まだ魔道具が残っていそうだった。

階段が三つあるという件も気になるし、また近いうちに潜ろう。

「あっ⁉　今日はエマと約束してたんだった！」

エマの両親が旅行にいくから、夕食はうちで食べる約束だったんだ。

でもみんな食事会にいってしまった。

どうしようと悩む間もなく、エマがやってきた。

「やっほぉー！　エマがスタルジア家にやってきたよっ」

元気いっぱいなエマだけど、室内をみて拍子抜けする。

「あれ？　みんなどこいったの？」

「実はさ……」

父上たちが食事会にいったことを伝える。

少し残念そうな顔をして、でもエマはすぐに切り替える。

「だったら～、二人でごはん食べにいかない？」

「うん、じゃあいこうか」

「オー！」

というわけで、一緒に出発する。

「ごめんよ、夕食楽しみにしてたのに」

「全然大丈夫だよ～。ノルの家だって色々あるだろうし」

僕は話を聞きながら、エマの服装に少し注目する。

学年王のときよりは抑えているけど、結構薄着だからだ。

それについて、少し気をつけたほうがいいんじゃないかと指摘してみた。

「そーかな？　やっぱ露出多いかな……。暑かったから」

「ファッションは自由なんだけど、事件の話があったから」

派手めな女性が襲われているというアレだ。

冒険者ですら大怪我《けが》を負わされるから心配なんだ。

ふと、横を見るとエマがニマニマしている。

「なんで笑ってるの？」

「んふふー、心配してくれてありがと」

「当たり前だよ。今日も本当は家に泊まっていったほうがいいくらいだし」

「泊まりたーい！」

「そうしなよ」

僕の部屋を使ってもらってもいい。

僕はリビングにでも寝ればいい話だ。

ぶらぶらと歩きながら入る店を決める。

スープとパンが美味《おい》しいことで有名なところに決めた。

「おめでとうございます！　本日、百番目のお客様です～」

運がいいことに、百番目の客は無料でお食事キャンペーンをやっているらしい。

僕らは上機嫌で席につく。

食事を注文して待っていると、近くに座る人たちが、とある武具店の話をしていた。

「新しい武具店が近々オープンするらしいぜ」

「オープンで安くなったりすんのかね？」

「どうだろな。でも外国の有名な店なんだと。知り合いがその国出身なんだが、最高峰の冒険者や傭兵《ようへい》は、みんなそこを使うと聞いた」

絶対、サンタージュ武具店のことだよね。

まだ準備中なのに噂《うわさ》になっているのか。こちらでも成功しそうだ。

エマも気づいたみたいで話題にする。

「ミラちゃんの家有名なんだねー。それにあの子、色んな意味ですごい……」

「魔道具使いなんだよ。それも相当なレベル。血筋なのか、小さい頃から魔道具に触れているからなのか」

「どっちにしろ、仲良くしとこっ」

エマの言うとおりだ。ミラは気は強いけど悪い人じゃない。

あと、サンタージュ武具店から武器など安めに売ってもらえたら最高だったりする。

食事を終えて自宅に戻る途中、酒場に立ち寄るエマ。

家用のお酒を購入したみたいだ。

「飲むの？」

「実はあれ以来、ちょっとハマっちゃいましてぇ」

どこか照れくさそうに話す。

僕としては結構心配だったりする。

「飲みすぎはダメだよ。お酒はクセになるっていうし」

「ノルと一緒に飲みたいだけ」

そう言われたらなにも言えなくなる。

酒《さけ》の肴《さかな》も買って自宅に戻った。

二人でお酒を飲んでいると、エマがどんどん脱力していく。

「ノル～、実はこのエマ・ブライトネス、言いたいことあったんだぁ」

「このノル・スタルジア、なんでも聞くよ？」

「いっしょにお風呂入ろうぞ～」

さすがにビックリする。

面食らっていると、エマは自分のバッグからなにかを取り出して、僕に見せてくる。

よく見なくても水着だった。

「わざわざ持ってきたの？」

「わはははーっ。子供の頃、よく洗いっこしたじゃん。初心忘るべからず、だよ」

その使い方が正しいのかはさておき。

昔は、確かにお互いの家で体を洗いっこしていたなぁ……。

「背中を洗ってあげる！　入ろーよ」

酔ってる影響だけじゃなさそうだ。

元々水着を準備していたわけだし。

押し切られる形で、入ることにきまった。

僕は部屋で水泳用のパンツに着替えて風呂場にいく。

すでにエマは浴室に入っていた。

「ぼ、僕も入っていいかな？」

「ど〜ぞ〜」

「お邪魔します……」

って、ここは僕の家だった。

中に入ると目の前に水着姿のエマがいて心臓がドキドキどころじゃない。

すごいセクシーなスタイルで、幼少の頃の面影はどこいった状態だ。

ちなみに風呂場は昨日、家族が使ったであろう水が張ってある。

「はい座って。あたしが念入りにあらったげるから」

「う、うん」

僕はバスチェアに座る。

自宅の風呂場がこんなに落ち着かないなんて、初めての経験だ。

エマは自前の石けんとタオルを使って上手《うま》く泡立てると、背中に優しくつけてくれる。

「かゆいところ、ありましぇんかぁ」

酔っていて、舌が少し回っていないのが可愛《かわい》い。

「大丈夫ですー」

「わあ、ノルの背中ひろーい」

むにゅり、と。

やたら柔らかい感触が背中に広がる。

酔ったエマが後ろから手を回して抱きついてきたのだ。

「エ、エマ？」

「なんだか、眠くなってきちゃった……」

「こんなところで眠っちゃ危険だよ。二人で水を浴びて出よう」

水を自分とエマにかけて、泡を流す。

エマは据わった目で、じっと僕の瞳をのぞき込んでくる。

「LP、貯《た》めようよ。ハグで」

「……うん、それはありがたいけど」

「えい」

エマがハグしてくれるのだけど、お互い水着なので肌のぬくもりが普段とは全然違う。

「LP、入ったぁ？」

「いつもより、ずっと多く入ってる」

「でも、もう少しこのままで」

僕は首肯する。

お風呂場で抱き合うってなんとも不思議な感覚だけど、すごく心地よかった。

長くは続かなかったけれど。

足音がしたと思ったら、ドアが開いたのだ。

「ここにいるのかノル～…………な、なに、なにを……まさか風呂場ラブッ⁉」

やばい、父上たちが帰ってきていたのか！

僕はとにかく焦るが、父上のほうもかなり取り乱している。

「いやね？　俺も昔はその、母さんとそういうこと……いやなんなら、いまもたまに……。でもさ、でも十六歳だろ？　それってまだ早すぎるっていうか、まだ風呂場ラブはとっておいても」

「父上、エマに背中を流してもらってただけです。ほら、水着じゃないですかっ」

僕が必死に説明している途中で、アリスの声が近づいてくる絶望感。

「――お父様、お兄様はいまし…………。お父様、よく斬れる剣を用意してリビングに」

「アリス、これには深いわけがっ」

アリスは無言で僕らをリビングに連行した。

師匠が酔っ払って眠っている横で、床に正座させられて説教される。

水着のまま。

「私がお兄様にここまで怒るなんて、普通はあり得ません。でも今日は我慢できない理由が二つあります。まず、お兄様が将来誰と結ばれるかは、お兄様と妹である私に権限があるかと思います」

僕はなにも口答えしない。

エマも黙っているけど、酔いが回りきってボーッとしているだけだ。

「いずれお兄様も誰かと結婚してエッ……。こほん、そういうことをすると思います。でも私が……せめて私が認めた人にしてほしいんです！　エマさん、私はまだあなたを完全に認めたわけじゃありません！」

「あはー、アリスちゃんだぁ」

ダメだ。エマは酔いすぎてアへ顔ダブルピースを決めてしまった。

それを見たアリスが額に青筋を浮かべて、

「……二つ目、こちらがより大きいです。お風呂場は家族みんなが使う場所。ですから、エッ……そのような行為は、いけませんっ。私はスタルジア家のため、心を鬼にして、お兄様に伝えたいのです！　エマさんにもです！」

そっか、家族共有の場だもんな。アリスがここまで興奮するのも納得だ。

でも残念なことに、エマは自分の胸を両腕で挟みながら、首を傾《かし》げる。

「ふにゃ？」

アリスの目に温度がない。

僕は慌ててフォローする。

「ハグしてたのは認める。でも誤解なんだ。そんな行為は本当にしてない。お互い水着だし。それに風呂場ラブなら……」

チラッ、と父上と母上に視線を送る。

二人とも目が泳ぐなんてもんじゃない。溺れている。

お願いします、僕を助けてください。そう願うが、なぜか交じってきたのは虎丸だった。

『ふむ、人間は風呂場で求愛しないのか。だが、たまにノルの両親のイチャつく声が』

「虎丸ゥゥ！　ちょっとお花に水足りてないんじゃないか⁉　そうに違いない、いますぐあげよう」

余計なことを口にしそうになる虎丸を、父上が封じる。

「ねえアリス、誤解もあるし、ノルも反省しているみたい。許してあげましょう」

「でもお母様っ」

「お風呂場だけに水に流しましょ。せっかくノルの左腕も治ったのだし」

「……うぅ、そうでした。お兄様、痛くありません？」

僕は笑顔でコクコクと頷《うなず》いた。

両親のナイスプレイにより、アリスの怒気も落ち着いて助かった。

風呂場ラブについては、内心僕も知りたくはなかったことだけど。

◇　◆　◇

本日、学校は休みなのだが、僕は登校しなくてはいけない。

他校との交流試合がもうすぐ始まるので、挨拶があるのだ。

先生たちと、両校の代表者だけで軽く挨拶を交わすらしい。

職員室につくと、エルナ先生が手招きをするのでそちらへ。

「わざわざ休日に悪いわね。今日は、本当に軽い挨拶だけなんだけど」

「他の代表者はまだなんですね」

「ううん、今日来るのはアンタだけよ。本当は三人で挨拶したいが……二年と三年の学年王は性格がアレなのよ」

気性がだいぶ荒いようだ。

あちらも代表は一人しかこないので失礼には当たらないと判断した、と。

僕は飲み物をいただいたり、先生の肩もみをしたりして、到着を待つ。

「……はぅぅん。ノル、あんた卒業したらアタシの専属揉《も》み師にならない？」

「先生に飽きられたら生活が成り立たないので、ご遠慮願いたいです」

「アハハ、それもそうね！　でもこの肩もみは本当に最高なんだって～」

そんな会話をしていると、相手方が到着したと他の教師が告げた。

僕らはすぐに立ち上がって出迎える。

ドアの向こうから姿を現したのは、理知的な顔立ちをした大人の男性。

教師なのだろう。

その後ろから、白を基調とした制服をきた女子が入ってくる。

胸にはリボンがあり、高級感のある制服だ。

外見は白みがかったロングヘアー、涼しげな瞳に引き締まった口元。

体型もスラリとしていて、大人びた印象を受ける。

「神童学院の教師、トルシュです。この度は、英雄学校の素晴らしき皆様にご挨拶をさせていただきたく、参じました」

男性が丁寧な挨拶をして、お辞儀する。

後ろの女子もそれに合わせた。

かなり礼儀正しい学校なんだね。

こちらの先生も口上で挨拶を返した。

次にあちらの教師が、後ろの女子を紹介する。

「この生徒はエミリヤです。代表戦に出場する一人です」

「初めまして、三年生のエリミヤ・セリスタージュです。本日は素晴らしい校舎にお招きいただき、感謝申し上げます。また代表戦、心から楽しみにしております」

ここでエルナ先生が僕の肩に軽く触れた。

僕は一歩前に出て、挨拶をする。

「ノル・スタルジア、一年生です。胸を借りるつもりで、試合させていただきます」

そう告げると、エミリヤさんが柔らかい笑みで握手を求めてきた。

僕は応じて、顔を少し歪《ゆが》める。

「……ッ」

このエミリヤって人、握力が強すぎる。

わざとやっているはずだ。

とりあえず鑑定しようとしたが、隠蔽されててわからない。

一応、笑顔を作って僕は言う。

「そろそろ離してもらえます？」

「あら！　これは失礼しました。わたくし、あまりにも緊張して不躾《ぶしつけ》な真似《まね》を」

うん、普通に痛かったです。

オーバーな演技に、一応付き合ってあげる。

「いえ、緊張で力を入れすぎるってよくありますよ。それこそ骨を砕く勢いで握るなんてこと、あっても不思議じゃないです」

一秒にも満たないわずかな時間だが、エミリヤの目元がピクリと動く。

彼女はすぐに微笑《ほほえ》みを取り戻すと、スカートの裾を軽くつまんで上品に挨拶をする。

「試合当日、ノルさんとお手合わせできるよう楽しみにしておりますね」

「こちらこそ」

その後は、先生たちが軽い雑談をして終わった。

エミリヤたちが帰るとエルナ先生が興味深そうに尋ねてきた。

「握手でケンカ売られたってこと？」

「そんな感じです。力の入れ具合が普通じゃなくて」

「なるほどね、じゃあ続きは試合で頑張んなさい」

「闘えたら、勝つつもりです」

「その意気よ」

英雄学校の誇りのためにも負けられない。

僕はかなり高ぶった闘志で帰路に就く。

道の途中、後ろから嫌な視線を感じる。

誰かが尾行してきているので、ひと気がなくなってから振り向いた。

「僕になにか用ですか、エミリヤさん」

教師はいない。彼女一人だけだ。

「あら、気づかれていたんですね。先ほど話し足りなかったもので、ついつい追いかけてきてしまいました」

追いかけ方に問題はあるが、ここは話を進める。

「どんな話がしたかったんでしょう？」

「ご存じかと思いますが、交流試合は勝ち抜きです。わたくしは先鋒《せんぽう》ではありません。もしかすると、ノルさんと闘う機会がないのでは、と不安になりました」

微笑を浮かべながら挑発してくる。

先鋒が英雄学校の三人を一人で倒してしまう、と言っているんだ。

「百歩譲ってそうだとして、どうしますか？」

「模擬戦にでも付き合っていただければなぁ、と」

僕が返事をするより先に、エミリヤは片手を振る。

すると、瞬《まばた》く間もなく巨大なカエルが彼女の隣に出現した。

体長2メートルくらいでガマガエルに似ている。

でっぷりとしているので、動きは鈍そうだ。ただ迫力は半端じゃない。

エミリヤはこちらの様子を見て、ドヤ顔で今度は異空間から剣を取り出す。

「異空間に、カエルを保存できるんですか？」

「いえいえ、カエルは別なところに棲《す》まわせています。二種類のスキルを使用しました」

一つ目は召喚系か。

カエルをどこか別な空間から呼び出せるのだろう。

「ゲロォ、ゲロォ」

ガマガエルが舌をビュッと伸ばしてくる。

僕はサイドにステップで逃げる。辛《かろ》うじて、舌に触れずに済んだ。

ガマガエルの舌はかなり伸びるし、戻るのも速いな……。

「クスッ、従魔が失礼しました。別に攻撃ではないのです。ノルさんの可愛いお顔をなめたいだけなのです」

「魔物の意図なんて僕にはわからないので、次は斬り落としますよ」

「可能でしょうか？　ガルマ、食べなさい」

ガマガエルは舌を伸ばして、彼女の剣を口に入れてしまう。

えぇ……切れないの？

切れるどころか、体つきが変化した。

頭や背中に剣先みたいなトゲがびっしり生えてきたのだ。

名前：チェンジフロッグ
レベル：127
スキル：体質変化　舌再生

武器を食べて体質を変化させるってことかな？

「ガルマ、ノルさんの綺麗《きれい》な髪、少しいただきましょう」

「ゲローン」

舌が一気に距離を詰めてきた。

ただし舌は刃のように変化しており、先っぽなんて剣状になっている。

キンッ――と僕は剣を振り上げて舌を弾く。

が、生物のごとく、不規則な動きで再度強襲してきた。

狙いは顔かっ。

僕は体を反らして顔を傷つけられるのは回避したが、前髪を何本か切られてしまった。

「これは、いただいておきますわ。わたくし、可愛い男性の髪の毛を集めるのが趣味でして」

地面の髪を拾おうとするエミリヤに僕は【紫電】を放った。

フロッグが舌で彼女を守る。

「ゲロッ……⁉」

感電したのか、ビクッと体を少し震わせた。

ただ、それほどのダメージではなさそうだ。

「ガルマ、痛かったでしょう？　ノルさんはお強いようなので帰りましょう」

「勝手ですね」

「お許しください。でも闘うに値する方だと理解したのです。続きは闘技場で行いましょう。ごきげんよう」

スカートの裾を少し持ち上げ、挨拶して去っていくエミリヤ。

フロッグは一瞬で消していた。武器の出し入れと同じ速度で行えるのか……。

さすがに背中を撃つ趣味はない。

「闘技場で、必ず勝とう」

ますます、やる気が出てきた。

◇◆◇

師匠が新しい邸宅に引っ越しするようだ。

朝、みんなで師匠を見送る。

師匠は涙ぐんだ目で、僕らの顔を一人一人眺める。

『オリヴィア、こんなに幸せだったの久々かも～。あっちにいっても、オリヴィアのこと忘れないでね……』

「忘れるもなにも、歩いて五分のところじゃないですか」

『あははは！　そうなんだよね～っ。しかも、毎日のようにこの家に通う予定だしーっ』

師匠は、母上の料理が気に入ったらしい。

なんだかんだで、かなり居心地がいいとも話していた。

『またくるねスタルジア家のみんな～。それじゃノルくん、いきまっせ～』

「了解です」

新しい邸宅に、僕は師匠を送っていく。

まあ師匠に護衛とかお供なんて本当は不要だと思うけど。

道中、師匠が思い出したように言う。

『そういやノルくん、ＬＰいくつになった？』

「いま、約３４０００です」

『再生で結構使っちゃったしねー』

「でも今日、またダンジョンに潜る予定です。魔道具まだ埋まってるかもしれなくて」

『ならあとで、オリヴィアが相談のったげる』

「楽しみです」

邸宅につくと不動産屋のドマドさんがいて、鍵を渡される。

これでもう邸宅は師匠の所有物となった。

僕らは広い庭に出てみる。僕の家よりずっと立派だ。

早速新技について相談にのってもらう。

【石壁】で作った箱の中に閉じこもり、石などを外にいる敵に落とすのはどうか？

『悪くないけど、ノルくんも見えないし当たらなくなーい？』

「あーそうですよね。じゃあ石を落として避《よ》けたところを攻めるとか」

『いいじゃーん。それなら縮地があればよりナイス！』

【縮地】は【フロントステップ】などよりも速く間合いを詰められる。

レイラさんが得意としていた。

これを２５００ＬＰ、次に【落石】を１２００ＬＰで創った。

すぐに練習を始める。

高さ五、六メートルくらいの位置から人の頭くらいの石を出現させられる。
あまり遠い位置には出せない。石は出現したら、勝手に落ちてくれる。速度は微妙だ。
【縮地】も繰り返し練習した。
ある程度コツを摑《つか》んだので午前中で一旦終わる。
『10万LP貯まったら、オリヴィアが楽しい稽古つけてあげるからね～』
「頼りにしてますよ師匠」
なんだかんだで、師匠は僕のことをよく考えてくれている。
10万もモチベーションを引き出すためだろうし。
昼食後は、隠しダンジョンに入った。
もちろん目的は十七層だ。でも単に攻略ってわけじゃなくて、まずは魔道具探し。
前回はブラッククランサーがきたので中断したのだ。
【知らせの鈴】を使用して、歩き回る。
仮面の部族は厄介なので、見かけたら身を潜めてやり過ごした。
六、七時間ぶっ続けで探した結果、二つの魔道具を入手した。
水を入れると数秒でキンキンに冷やすコップ。
斬ると相手に風邪をひかせるナイフ。
どちらもユニークではあったけど、ＬＰを優先した。
二つで５９００ＬＰだった。

あとは反応がなくなったので階段を探す。
【大賢者】にもう一度教えてもらってメモする。
いまの場所に目印を作り、一つずつ探しにいく。
一つ目は木々の中にさりげなくあった。
下りてみたら、目の前が壁で進めない。
「外れか？　それとも壊して進むのかな。とりあえず、他を当たろう」
目印の場所に戻り、そこからメモを見て二つ目へ。
砂浜を進むと岩場があるのだが、その陰に階段があった。
下りてみる。
「……またか」
さっきとまったく同じ光景だ。
目印に戻って、次に急ぐ。
最後は、洞穴に入ってすぐのところで口を開けて待っていた。
少しドキドキしながら下りると、先の二つとは違った光景が目に飛び込んでくる。
長く続く通路だ。
ダンジョンでは見慣れたものだけど、それが正解だと告げている気がする。
今日はここまでにして引き上げた。

自宅前に、人影があった。少し肌寒い夜に誰を待っているのだろう?

近寄ると、ミラだとわかった。

以前、僕の家は教えてあるので、場所がわかるのは不思議じゃない。

「ノル、待ってたのよ」

「急だね。なにかあった?」

「ほら、約束守ってなかったじゃない。武器を持ってきたの」

異空間から立派な槍《やり》を取り出すミラ。

ここで理解した。酒の飲み比べ勝負の話か!

「本当に武器くれるんだ!　酒の席の勢いかと思ってたよ」

「アタシ、約束は守るわよ。それといま、うちってこられる?　パパもお礼がしたいみたい。すぐに済むから」

「そういうことならお邪魔するよ」

僕らは夜道を並んで歩く。

ミラは興味津々な様子で、魔道具をどのように使っているのかを訊《き》いてきた。

武器を消費して自分の力に変えている、と伝えた。

「あ、でも安心して。ミラにもらった物は大切に使うよ」

「なに言ってんの!　そんな遠慮いらないから!　アタシは魔道具は好きだけど、あげたんだからノルの使い方に文句は言わないわ。むしろ見てみたい、どんな感じなのかっ」

彼女の強い要望もあって、僕はＬＰに換えさせてもらうことにした。

まず槍を鑑定しておく。

【到達の槍　ランクＡ　強刃　伸縮】

ただでさえリーチに勝る槍が、さらに伸びるらしい。

ランクもＡだし、こんな貴重な物をくれるミラはいい人だ。

変換すると……９２００ＬＰ!?

「ミ、ミラ、これすごく力になるよ。こんなの、本当にもらって大丈夫？」

「バーンっていっちゃいなさい！」

バーンってほど派手ではないけど変換する。フッと武器が消えた。

「異空間に収納したわけじゃないわよね？」

「違うよ、もう無くなった。どこにいったのかは、僕にもわからない」

「……ふーん、なんか地味。もっとすごいの期待してた」

「はは……そう言われてもさ」

少しガッカリしてたみたいだけど、すぐに気分を切り替えるのが彼女のいいところでもある。

「ここよ」

「えぇっ……こんな大きいのかっ」

店の規模が想像の倍はあった。

普通の武具店の三倍くらいはあるんじゃないかな。

でも武器を売るにしてはアンティークな雰囲気がある。

「金持ち老夫婦が作った家だけど、両方亡くなって息子さんが売りに出してたの。入って
中にお邪魔すると、まだ改装の途中って感じだった。

それでも少し武具が飾られていた。

並べ方とか、剣の飾り方にセンスの良さを感じる。

「オープンはもうちょっと先よ。パパー、ノルがきたわよ」

「おー、きてくれたかノルくん！」

カウンターの奥から、ストークさんがニコニコしながらやってくる。

「君の紹介のおかげで、いい物件が決まったよ。いま、開店の準備をしているところでね」

「僕も利用させてもらいます」

「ぜひ！　それとお礼に、少し不要な武器を譲ろうかと思ってるんだ。ミラから不具合があっても
いいからほしいと聞いた。本当かな？」

「はい、安く譲ってもらえると嬉《うれ》しいです」

ストークさんは部屋の隅に僕を案内する。

蓋のない木製の容《い》れ物《もの》があり、その中に剣や斧《おの》などがたくさん入っていた。

「刃こぼれしたり、切れ味が悪かったりして売り物にならないんだ。引き取ってくれるなら助かる

んだが」

「ありがたいです！」

キィ、とここでドアが静かに開く音がした。

三人ともそちらに注目する。

入ってきたのは色白で黒マントの男性。かなりの美青年だ。

彼が小さく会釈をして、ストークさんに声をかける。

「ストークさん、夜分遅くに失礼しますよ」

「ノルドさんでしたかっ」

ストークさんが彼を応対する。

誰かわからない僕に、ミラが小声で教えてくれる。

「シヴァってギルドの副ギルド長らしいわよ」

「シヴァの⁉」

しまった……。声を出してしまい、ノルドって人がこちらに視線を注ぐ。

「そちらの少年は？」

「娘の友人のノルくんです」

ストークさんが紹介すると、ノルドさんが薄い笑みを浮かべたまま僕に近づいてきた。

「君は学生？　どこに通ってるのかな」

「え、英雄学校です」

伝えた瞬間、彼の目の色が変わった。

「素晴らしい学校だ！　クラスは？」

「一応、Ｓです」

「アァッ、なんて素敵な夜なんだ！　優秀な生徒との出会いがあるなんて。ボクはシヴァというギルドで副ギルド長をやっているんだ！」

すごく驚いた。

まず彼は二十代後半くらいにしか見えない。

その若さで副ギルド長は、コネか途轍《とてつ》もなく有能かだろう。

ノルドさんはかなり大仰に手を広げ、

「君をスカウトしたい。うちで冒険者をやらないかい？　もちろん学業優先で構わない」

「すみません。お応えできかねます。なぜなら僕は……オーディンの冒険者だからです」

刹那、僕はものすごく嫌な感覚に襲われた。

本能で大きく飛び退《との》き、剣を抜いた。

威圧感というか殺気が凄《すさ》まじかったからだ。

表情にも敵愾心《てきがいしん》を表していたな。この人危ない、という感じしかなかった。

「……そっか、キミはオーディンの冒険者か。すでに奪われていたか。ふーん、そうか。オーディンねえ……」

あちらも腰に剣を帯びているが、抜く素振りはまったくない。

鑑定してみるが能力は隠されていた。

見えなくても、すごく強いのは伝わってくる。

ただならぬ雰囲気にストークさんとミラが割って入った。

「まあまあ、なにがあったか知らないけど穏便に」

「そうよ。ノルもそれ、しまって？」

僕はハッとして剣を収めると、ノルドさんは怪しげに微笑む。

青白い顔に嘘の微笑みが加わると、かなり怖い。

「今日は失礼します。あの件、ぜひともよろしくお願いしますよ。悪いようにはしませんから」

ノルドさんは片手をあげながら入り口に向かう。

ドアの前までいくと、おもむろに振り返る。

「ノルくん。オーディンでは、会話の最中に剣を抜くように教えるのかなぁ？」

「逆に訊きますが、シヴァでは会話の最中に殺気を向けるんですか？」

ノルドさんは一度きょとんとした顔をして、

「あっはっはっ。君の顔と名前、完璧に覚えたよ！」

彼は声高に告げると、武具店を出ていった。

いなくなると、汗がどっと湧いてくる。

「ノル大丈夫？　顔色悪いけど……」

「君たちは、あまりよくない関係だったのかな」

ミラとストークさんが心配してくれる。

「僕らは、ライバルギルドに当たるんです」

「この街は色んなギルドがあるとは聞いていた。詳細を理解してなくて、すまなかったよ」

「いえ、二人は外国からきたばかりですから。気にしないでください。武器、いただいていきます」

武器を異空間に収納していく。

少し疲れもあるので、この辺で失礼することにした。

「ノル、また遊びましょうね！」

「ぜひまたっ」

ミラとお互い手を振って挨拶を交わす。

家に帰る途中、エミリヤみたいにストーカーされないか少しビビっていた。

特に何事もおきなかったので安心した。

9話　交流試合

数日が経過して、神童学院との交流試合の日がやってきた。

僕の体調や準備はバッチリだ。

ストークさんにもらった武器もすでに変換した。

同じ武器でも状態の善《よ》し悪《あ》しでＬＰは変動する。

もらった武器は、一つ一つは小さいが三十本ほどあったので、全部で約１５００ＬＰになった。

現在のＬＰは約４７０００あるので、戦い方にも幅が出そうだ。

さて、街には大きな闘技場があるのだが、普段はそこで闘士たちが競いあったり、魔物討伐を行ったりする。

見世物のときもあれば、客が賭けを許される場合もある。

神童学院との交流戦は、その闘技場を貸し切りにして行われるようだ。

観客の数も両校合わせて軽く千人を超えるので、学校では手狭ということだね。

僕は、九時前に闘技場についた。入り口にエマとレイラさんがいて、手を振っている。

「ノルーッ、今日はがんばってね！」

「出られない私たちのぶんまで、暴れてきてほしいわ」

二人が、僕にエールを送ってくれる。

「一年だし、先鋒《せんぽう》だと思う。やれるところまでやってみるよ」

「ノルなら三人抜きいけるって！　最優秀賞もいただきだよ～」

一番活躍した人には賞が贈られ、相手学校が差し出したアイテムを得ることができる。

賞は勝利したチームから、生徒たちの投票で決まるとのこと。

最優秀賞、なんとか狙いたいな。

それ抜きにしてもエミリヤとは決着をつけたい。

あっちは先鋒ではないから、最低でも一人は倒す必要がある。

僕は闘技場の通路を通って、控え室に向かう。

英雄学校代表、とドアの横に立て札が置かれてあったので中に入る。

机や椅子が置かれただけの部屋に二人の男女がいた。

男子は椅子に足を広げて座り、女子は壁に背中を預けて立っている。男子が僕を睨《にら》む。

「お前が一年の代表か？」

「ノルと言います」

「全然強くなさそうな顔だな。んでも、代表ってことはそこそこやるんだろう」

短髪で額を出したヘアスタイル、目は三白眼で強気な顔つきだ。

座っていても均整の取れた体型なのがわかる。

一応、鑑定で能力を確認する。

名前：フィング・バラバ
年齢：18
種族：人間
レベル：１４５
職業：学生
スキル：拳術Ａ　俊敏Ｂ　体力ＵＰ　衝撃掌　残像ステップ

おぉ……やっぱり強い。レベルは僕が上だけど、知らないスキルがある。

学年王はバッジを守り切った人が勝者なので、単純な強さ以外の要素も大きい。

たとえば【念力】があると、それだけで有利だし。

でもこの人は、そういう小細工で勝ったタイプじゃなさそうだ。

「俺はフィング。格闘が得意だ。三年だが代表に参加するのは今回が初めてになる」

フィングさんは、女子に視線を送る。次はお前の番だと言いたげな目だ。

女子は腕を組んだまま、静かに口を動かす。

「リティ。短剣が得意。代表はあたしも初めて」

名前：リティ・リョクン
年齢：17

種族：人間
レベル：72
職業：学生　シーカー
スキル：投擲《とうてき》Ａ　短剣意操　異空間保存Ｃ　仕掛け床察知

主にダンジョンを攻略するシーカーだ。彼女は学生と兼業なんだな。それでいえば、僕もシーカーでもあるのか。学生に冒険者にシーカー。わりと忙しい。

彼女の能力構成だけど、過去に戦ったことがある盗賊のボスに似ている。

【短剣意操】は投げた短剣をかなり自由に操れるはず。

サポートするための【投擲】と【異空間保存Ｃ】もあるので、戦闘スタイルは予想しやすい。

「で、あたしが先鋒でいい？」

「いやいやふざけんな。俺が一番でいく」

「え？　一年ですし、僕が様子見の役じゃないんですか？」

二人に訊《き》くと、フィングさんが眉根を寄せる。

「勝ち抜き戦だ。万が一、お前が強くて三連勝したら、最優秀賞はお前で決定だろ」

「そうよ、賞をもらえば神童学院のアイテムをもらえる。知ってる？　うちと相手が出すアイテムは、Ｓランク以上って不文律があるの」

そうだったのか……！　交流戦で負けた学校は、出したアイテムを相手の学校にプレゼント。

そのアイテムがSランクとなれば、二人が出たがるのもわかる。

当然、僕もより先鋒で出たくなった。

「そういうことなら、僕も先鋒で出たいです」

「あ～、そりゃそうだわな。どうする？　戦って順番決めっか？」

「それじゃ本末転倒よ。体力減らして敵に臨むなんてバカのすること」

ごもっとも。

「じゃどうすんだよ？」

「あたしに考えがある。これを使いましょ」

リティさんは硬貨を一枚出す。僕らも普段使っているものだ。

「これを手のどっちかに隠す。どっちの手に握っているか当てるゲーム。一人五回ずつで、一番回数多く当てた人が先鋒」

「いいじゃねえか！」

フィングさんは賛成だったんだけど、僕は素直に頷《うなず》けない。

「リティさん、異空間保存を覚えてますよね。それ、使い方次第ではズルできますよ」

「あんた、鑑定眼持ってるの……？」

僕が首肯すると、二人が驚く。

「お前すげーな！　優秀じゃねえかッ。……そしてリティ、小細工するつもりだったな？」

「ち、違うわよっ。あたあた、あたしそんなつもり、なななっし！」

動揺しまくりのリティさんに、僕とフィングさんがジト目になる。

その焦りよう、するつもりでしたよね～。

「んじゃ、俺とノルがコインを投げればいいんじゃねえか」

「いや、僕も異空間保存あるんですよ」

「素直かッ！　黙ってりゃいいじゃん」

「一時的とはいえ、チームになるので。仲間を欺くのはどうかと」

それで魔道具を得たとして、あんまりスッキリしないだろうし。

フィングさんは、結構感動している。

「お前いいやつだな～。ただ、マジでどうする？」

そう、このままだとフィングさんがプレイするときに相手が誰もいない。

ここでドアが開き、エルナ先生が入ってきた。

「アンタら、もうすぐ始まんのよ。順番とか決まった？」

「エルナ先生、いいところに！」

僕らは事情を説明して協力してくれないかと頼んだ。

先生は快く引き受けてくれ、硬貨を当てるゲームが始まった。

結果としてこのようになった。

フィングさん……四回成功
リティさん……三回成功

僕……ゼロ！

僕の外しっぷりときたら堂に入ったものと言っていいレベルだ。

エルナ先生も楽しそうに笑っている。

「アンタ、ツイてないのね〜。ま、大将として堂々と待ってなさい」

そうするしか、道はないようです……。悲しい。

◇◆◇

いよいよ交流戦が開始される。

僕らは選手入場口から闘技場に移動する。

かなり広い円形の闘技場で、地面には乾いた砂が敷かれている。

人の歯とか、魔物の骨などもちょこちょこ埋まっていて生々しさがあった。

観客席は段差がつけてあって、どこの席でも試合をちゃんと観戦可能だ。

かなりの人を収容でき、両校の生徒が全員入ってもまだまだ余裕がある。

「ウォォオ！　ガンバレよお前ら！」

「負けたら英雄学校追い出すからなっ」

「神童学院の強さ、見せてやれ〜」

「我らが最強と教えてやりなさい！」

両校とも、すごく盛り上がっている。

ちなみに神童学院は、この試合を見るためだけに五百人が国を跨《また》いで訪れた。すごい情熱だよね。

うちと合わせると千人超えになり、色んな声が入り交じっていた。

「観客は気楽なもんだ」

フィングさんが呆《あき》れたように笑う。

僕もあまり気負わず戦うようにしよう。

両校の代表に、エルナ先生とあちらの教師の八人が中央に集まる。相手側の代表に、よく知る人がいて僕は目を丸くする。

「ミラ⁉　なんでここに？」

「エエッ、ノル⁉　あんたこそなにやってんの？」

「なにって、僕は英雄学校の代表なんだ」

「すんごい奇遇！　アタシもこっちの代表なの。しかもそっちも大将？」

「一応。運が悪くて大将になっただけだけど」

「アタシなんて、強制大将なのよ。クソすぎる校則のせいで！」

ここで気づいたけど、三人中ミラだけが制服じゃない。

普段と同じ服装だ。観客席や他の代表を見る限り、制服が強制っぽいのに。

「前に言ってた、個人的に用があるって、このことだったのか」

「そうそう！　パパの武具店以外に、この交流試合があったからきてたの。面倒くさいわ！」

面倒くさいのかい。

ここでエルナ先生が会話に入ってくる。

「知り合いだったわけね。でもそろそろ、ルールの確認をするから黙ってなさい」

エルナ先生が告げるルールは簡単なものだ。

殺さないこと。気絶したら負け。降参と口にしても負け。観客席には入ったりしないこと。

今度は相手側の先生……職員室にエミリヤと来訪したトルシュさんが告げる。

「我々二人が審判の役割をします。鍛えた技を披露する場です。憎しみあわず、相手に敬意を払って戦いましょう。それでは先鋒から」

先鋒以外は、一段高くなっている場所にあがって試合を見守るらしい。

僕は相手の先鋒を鑑定してから、観戦所に移動した。

敵は北側、僕とリティさんは南側でそれぞれ二人の先鋒を見つめる。

「フィングって、強いんでしょ？」

「特殊なスキルもあって強いです。ただ、相手も相当強いです」

相手は、黒の長髪が印象的な男子学生。

彼の能力はこうだ。

名前：トト・キンシー

年齢：17
種族：人間
レベル：160
職業：学生
スキル：髪質変化　毛髪意操　毛髪伸縮

まずレベルが高い。

ミラもそうだったし、神童学院には並の冒険者より強い生徒がゴロゴロいるのかな……。

そして髪に特化したスキルが不気味すぎる。

先鋒の試合が、とうとう開始された。観客席の興奮が一気に高まる。

「よっしゃ」

フィングさんが一直線に攻める。

相手のトトは、真っ黒な髪が一気に伸びて異常な長さになった。

その髪がフィングさんを捕まえようと伸びていく。

かなりの速度で、あっという間に体を捕らえた。

「ぴぴぴ、ザコい」

トトが奇妙に笑う。けど、ナメた態度はすぐ終わった。

捕らえたはずのフィングさんが消えたと思いきや、伸びきった髪の横を疾走するのだ。

【残像ステップ】による錯覚だったのかもしれない。

「ほんと、ザコいよな――衝撃掌」

フィングさんが掌底を脇腹に打ち込んだ。

相手は何メートルも吹き飛んでいく。

ナイス！　僕らはそう喜ぶが、当の本人はあまり浮かない顔をしている。

「……髪でガードしやがった。それも、硬てぇ……」

【髪質変化】で強度を変えたのか。

「ぴぴっ、最初で最後のチャンスだったのにねぇ」

ここからの試合展開は、大きく変わった。

トトは長すぎる髪を複数の毛束にして襲いかからせたんだ。

それはもう黒い触手みたいなもので……。

【残像ステップ】などで抵抗したものの、フィングさんもついには捕まる。

しゅるしゅると毛が首を絞めた。皮膚に強く食い込んでいく。

「ぴぴぴ、早く降参しないと失神しちゃうよ」

「うぐ……こう、さん……」

「よくできました～」

一試合目が決まった。

フィングさんは、念のため治癒師のもとに連れていかれた。

「げっ……次あたし、か」

「頑張ってください」

彼女は自信なさげに頷いて、トトのところへ。

分が悪いとみているのだろう。

そして、そんな彼女の予感は的中していた。

リティさんは異空間からナイフを出して投擲、それを意操する。

何本ものナイフが鳥のように飛び回ってトトを襲うが、一本も皮膚へは届かない。

すべて髪の毛に絡め取られるからだ。

最後は足首を髪でつかまれ、宙づり状態にされてしまう。

「ぴぴっ、英雄学校ってザコしかいないんだねぇ。ほら降参しな」

「……くっ、降参よ」

これでこちらの二連敗。

もしこれが三本勝負だったら負けていた。

次は僕の番なので、闘技の場に下りる。

観客のヤジがとんでもない。

「英雄学校弱ぇえええ！」

「英雄学校がザコすぎて話にならんっ」

「最後の一人が一番弱そうじゃねえか！」

まあ、こうなるよね。

これに関しては仕方ないのかも。交流とはいえ、明らかにライバル心剝《む》き出《だ》しなんだ。

しかも二連勝とくれば調子にも乗りたくなる。

問題は味方側だ。

「おまえら恥さらしだな。マジで帰れ」

「なんであんなやつらが代表なんだよ！」

「バッジ取りに特化したやつらが集まったんだ……終わった……」

「おい、もう負けていいから恥ずかしい負けだけは勘弁な」

味方がこれだから嫌になる。

ヤジは二、三年生が多いのかもしれないが、少しくらい応援してほしい。

「ちょっと！　なんで同じ学校なのに応援できないの。ノルは、すごく強いんだから、気が散るようなことしないで！」

「そうよ。貴方《あなた》たちだって、彼らに負けたからこの席にいるのでしょう」

エマとレイラさんだ。

罵倒に耐えかねたのか、フォローしてくれたんだ。すごく嬉《うれ》しい。

僕は親指を立てて、二人に絶対勝つと暗にメッセージを送る。

「うん、がんばってねノル！」

エマの応援に背中を押されてトトの前へ。

彼は若干イラついたような顔をする。

「ふん、あんな可愛《かわい》い子と友達なんだ。充実した学校生活みたいだねぇ」

「毎日楽しいですよ」

「……そういうやつ、一番嫌いなんだ。学校でイチャついてるから英雄学校はこんなに弱いんじゃないの？」

「僕に勝ってからなら、その言葉受け入れますよ」

「ぴぴっ、後悔させてあげるよ！」

「試合、始め！」

いいタイミングで、エルナ先生から試合開始の合図が出た。

相手が髪を直線的に伸ばしてくるのと僕が【石弾】１００を放つのはほぼ同時だった。

「デカイッ⁉」

サイズが大きいことに驚くトト。

それでもすぐにすべての毛先を大石に集中させて勢いを止める。

髪の力だけで大石を受け止め、持ち上げている状態だ。

「す、少し焦ったけど、止めてみせた」

「では、少しそのままでいてください」

僕は、蚕ボールを出して投擲。

狙いはもちろん大石と髪だ。

粘着力が半端じゃないので髪が石に張りついた。

数回繰り返すと、トトの瞳に焦燥の色が滲《にじ》む。

「ひぎ、ベッタリくっついて、動かない……」

僕は疾走、大石を通りすぎ、トトとの距離を縮めていく。簡単に目の前までいけた。

「ハッ！」

気合いのかけ声とともに、伸びきった髪を彼の顔の前で切断する。

これにより、大石は地面に落ちた。

次の瞬間には、喉元に剣先を突き立てる。

前の二人の戦いを見て、作戦を思いついていたのが勝因かな。

「君が髪を伸ばすのと、僕が喉を切り裂くの。どっちが速いか試してみます？」

にこっと笑いかけてみる。

「うぅ……こっ、うさん、しますぅ」

よし、まずは一勝目をいただいた。

◇◆◇

二人目の相手、エミリヤが嬉しそうな顔で僕の前にやってくる。

「無様な敗北ではありますけれど、ノルさんと戦う機会を与えてくれたことに感謝します」

これは仲間に対する言葉だ。

トトは言い返すことはせず、肩を落としながら舞台から去っていく。

エミリヤは相変わらず清楚《せいそ》っぽい見た目だけど、中身は腹黒い系らしい。

「自分も負けるかもしれないので、強気はやめたほうがいいと思いますよ」

「わたくしが負ける？　あり得ません。仮にそうだとしても英雄学校の勝ちはありません。ミラがいますから」

ミラの実力は、やはり同校の人も認めているんだな。

「あの子と知り合いのようですが、試合で手を抜いてもらうなどとは考えないことです。一人だけ私服なのは、特別に認められているからですわ。ノルさんでは勝てません」

「エミリヤさんには勝てても、ですか」

軽く挑発してみると、無表情になった。

相当怒っているみたいだ。

でも僕だってストーカーされたあげく襲われたわけだし、この程度は笑って許してほしいよね。

「言っておきますが、あのときは全力ではありません」

「僕もです」

「よろしい、始めましょう！」

空気を読んでくれたのか、先生がここで合図を出す。

エミリヤはやはり、チェンジフロッグを呼び出した。

剣を食べさせて体質を変えさせた後、こちらを目で牽制《けんせい》しつつ二体目を呼び出す。

体長6~7メートルくらいの白い蛇だった。

名前：ホワイトスネーク
レベル：55
スキル：締めつけ

チェンジフロッグよりは弱めに感じる。

けど体も太いし、一度捕らえられたら負けだと考えたほうがいいな。

「蛇と蛙《かえる》ってすごい組み合わせですね……」

「おほほほ！　ガルマとネクスですわ。ガルマの種とネクスの種は、お互いを捕食します。つまり本来は天敵なのです」

でもいまは共存している。それをエミリヤは主張してきた。

「わたくしの調教により、手を組ませることに成功しています。相反する二種類を共闘させることは、匠《たくみ》の技とされますのよ」

なるほど、つまり見栄《みえ》もあってわざわざ天敵同士を組ませてるんだな。

「こっちは、これを使わせてもらいます」

「モーニングスター……？」

爆風のモーニングスターを振り回し、鉄球を地面に叩《たた》きつける。
「なっ、なんですの⁉」
爆風が発生して、エミリヤが動揺する。
魔物も硬直していた。どちらを狙おうか。まずはチェンジフロッグにしよう。
直線的に迫っていくとチェンジフロッグが刃物のごとき舌を伸ばしてくる。
僕は全力でジャンプした。
フロッグの頭上から【水玉】を撃って肉体を濡《ぬ》らす。
着地したら、今度は【氷結球】を当てる。
これで少なくとも表面はいくらか凍った。
「ゲロォ……」
凍りついたのと体温が下がっていることで、動けなくなっている。
「わたくしのガルマが……っ。ネクス、貴方がいきなさい！」
ホワイトスネークが地面を這《は》いながら迫ってくるので【白炎《はくえん》】で軽く脅してみた。
ホワイトスネークは動きを止め、僕の眼前で舌をペロペロと出し入れする。
やっぱり、炎は好きではないのだろう。
動きを止められたので、僕の狙いは成功だったりする。
【雷属性弱点A】を創り、ホワイトスネークに付与した。
合計２８００ＬＰだけど、いまの僕には問題ない。

やはりＬＰが多いと、ものすごく戦いやすいな。

「ネクス！　なにを恐れることがありますか、頭から噛《か》みついておやりなさいな！」

「シャァアア！」

主人の命令に従ったのが運のつきだ。

【紫電】が指先から放たれる。

「――シャ⁉」

短い悲鳴があがり、ホワイトスネークはぶっ倒れて痙攣《けいれん》したみたいに体をウネウネさせる。

それが止まると、大口を開いたまま大人しくなった。

「尻尾は動いてるし、死んではないな」

生存を確認したので、エミリヤに歩み寄って剣を突きつける。

「燃やすこともできたんですが、可愛がっている従魔だと思いますし。手当てのためにも、降参してくれませんか？」

「か、か、完敗ですわ」

最後は、驚くほど素直だった。

最初からそういう態度だったら、仲良くなれた気もするんだけどなぁ。

◇　◆　◇

従魔は二体ともちゃんと生きていた。

ダメージは大きいものの休めば回復すると、エミリヤは元の場所に還《かえ》してあげた。

「……ノルさん、従魔への気遣い感謝しますわ」

「いえ、大したことは」

「わたくしは神童学院の生徒です。仇《あだ》なすことはできませんが、お礼に一つだけ教えます。ミラは魔道具を扱う天才ですわ。しかもこの街にきてから、また一つ強力な武器を入手したようです。ご健闘を」

エミリヤはわりと重要な情報を残して下がっていく。

さあ、入れ替わりでミラが入ってくる。

闘技場の興奮がとんでもないことになってきた。外野が騒ぐ。

「あんたすげえなっ！　最高だぜ！」

「汚名返上してくれてありがとーっ」

「クソ、あんな強いのが、あっちにもいたのかよっ」

「だが次は最強のミラ様だ、勝てる！」

輪の中心にいる僕とミラは、対照的に落ち着いていた。

「ノルってこんなに強いのね。驚いちゃったわ」

「大将戦はかなり不安だけどね」

「謙遜ってやつね。ま、どっちが勝っても負けても国境を超えた友情は消えはしない。でしょ？」

「もちろん、サンタージュ武具店は利用させてもらうよ」

「そっちじゃないし！　……ま、ノルらしいわ。手加減はいらない。アタシも久々に本気出せそう」

ミラの顔つきが変わった。胆力のある様子で、いままでとは雰囲気が大きく異なる。

僕は彼女の力を改めて調べる。


【魔道具マスター】

〈魔道具に触れている間、五感が研ぎ澄まされ、身体能力もアップする。また、魔道具に付与されたスキルのランクがA～Cのとき、ランクを一つアップさせる。ただしこの効果は、使用している間のみ〉


す、すごい能力だ……。

剣や盾の魔道具なら、普通に使っているだけで肉体の能力が上がる。

なにより、ランクを引き上げて使用できるのは怖い……。

CがBに、BがAに、AならSになってしまう。

まさに魔道具に愛された少女って感じだ。

僕は剣を握り、気合いを入れ直す。

「――大将戦、始めなさい！」

エルナ先生の声が響き渡ったと同時、僕は疾風迅雷のごとく突進する。

ミラは両手にボールを握っていた。

マジックボールだ。

これを地面に連続で投げつけると、バウンドして僕に襲いかかってくる。

立ち止まるしかない。一つは剣で弾《はじ》く。

「うっ、重いな……」

重くするスキルが入っているからだ。

もう片方は間に合わないので頭を傾けて避《よ》ける。

チッ、と頬を掠《かす》めた。熱っ……。

これでボールは両方とも僕の背後に飛んでいった。

けれど、僕はまだ踏み込むのを躊躇《ためら》う。

シュルルルル――とボールが風を切りながらミラの手元に戻った。そう、ボールには【自動返納】があるからだ。

「これ、結構便利なのよね～」

「そのボール、スキルで重くして、さらに弾むようにしてるんだよね」

「正解。アタシ、トレジャーハンターなおかげで、こういう魔道具いっぱいあるのよ」

冒険者やシーカーも宝探しはする。

でも冒険者はメインじゃないし、シーカーはダンジョンが主戦場だ。

対してトレジャーハンターは、宝がありそうな場所ならどこへでもいく。

行動範囲がとても広いと聞く。

「いつからトレジャーハンターやってる?」

「三歳からよ。魔道具感知できるアイテムで、色んなところ探してきたわ」

エリートだ……。

「ワクワクするような色んな魔道具があるのよ! でもまず、このボールを防げるかしら?」

ミラが投擲のモーションに入る。

僕は【+5キロ】を編集して【+0・1キロ】に変更した。

飛んできたマジックボールを片手で受け止める。

「ボール、軽くさせてもらったよ」

「……マジ? つ、強がりで本当は手が痛いはずよ。もう一発!」

同じようにしても良かったが、今度は【弾力】を破壊しておく。

重すぎるボールは弾まない。

ドン、ドンと小さくバウンドして地面で止まった。

「ボール、重くさせてもらったよ」

きょとん、とするミラ。

LPが大量にあると色んなことができて楽しいな。

彼女は額に手を当て、愉快そうに笑い出す。

「あはははは! ノルってやっぱり面白いわね! アタシがやる気なかったのは、大会なんてどうせ勝つって思ってたからなの。でも、楽しくなってきた」
ミラはイヤリングを掌に出すと、それを耳につけた。
ただのイヤリングなわけがない。

【施しのスピアイヤリング　ランクA　槍術《そうじゅつ》S　槍《やり》意操　高速突き　スタミナ減少】

装備者に力を与えるタイプの魔道具か。
槍術Sは本来はAだけど、ミラの【魔道具マスター】でアップしているのだろう。
ただ、マイナススキルもある。
装備していると持久力が減りやすくなるものだ。
僕はここで【精神力減少】を創って、ミラに付与しておいた。
「槍は、最近手に入れたこれを使うわ」
ミラが自慢気に披露したのは、形は非常にシンプルでクセのない槍だった。
特異なのは色だ。まず柄は漆黒で、刃の部分はもう少し薄い黒色。

【異空の槍　ランクS　空間切開】

……ちょっと待って、武器に聞き覚えがあるぞ。

異空の槍って、師匠が誰かに売ったという武器の名前じゃないか？

エミリヤが言っていた話とも繋《つな》がる。

「これね、うちのパパがすんごい美人から三億で買ったらしいの。最初は騙《だま》されたと思って怒ったんだけど、使ってみたら破格だとわかったわ」

「……そのすんごい美人、僕の師匠かも」

「そうなの⁉」

師匠は強くないから売ったと話していた。

でもあくまで師匠基準での話だ。

実際、ランクSだし空間を斬ることができるらしい。

「師匠は本当にすごい人なんだ。けど、まさか武器を売ったのがストークさんだなんて……」

「……あんたもツイてないわね。でもそれも含めて勝負だから。いくわよ！」

ミラは迅速に動き出した。

間合いを一気に消し、熟練の槍使いのごとき突きを繰り出す。

僕は剣で捌《さば》くが、ギリギリ間に合った感じだ。

ここから怒濤《どとう》のごとく連続攻撃がきた。

時折、凄《すさ》まじい速度の突きも強襲された。

【高速突き】で間違いないだろう。

服の裾などが何回か突かれ、僕は耐えられずバックステップで逃げる。

追撃しようとする彼女に【紫電】を放つ。

ニッ――と彼女が笑う。

「反鏡の小盾」

ピカピカに磨かれ、それこそ鏡のように相手を映す丸盾をミラは出した。

【紫電】がそれに直撃したかと思うと、跳ね返ってきて僕に当たる。

「ぐあっ……」

全身に痛みが散らばったが、ダメージはそれほど深くはない。

【雷耐性S】が効果を発揮してくれている。

「中距離からの長距離魔法は怖いのよね」

「本当に、いい武具をたくさん持ってるんだな。でも盾を持ちながら片手で槍は難しいはず」

「その通りよ。でも、こういう戦い方もできるから」

そう言うと、ミラはなにもない空間を縦に斬った。

不思議な現象が起きた。

虚空に、縦長の楕円《だえん》形の穴ができたのだ。

穴はミラが入れるくらいの大きさ。奥は真っ暗でなにも見えない。

「どんどん作っていくわよ」

彼女は僕の周囲を、円を描くように走り出す。槍で空間を斬り開きながら。

靴には【韋駄天《いだてん》】が付与されているからか、かなりの速度だ。

元の位置に戻ってくると、さすがにミラの呼吸は乱れていた。

「はぁっ、はぁっ、この穴、繋がってて、本当は人が出入りすることもできるのよ」

「でも、それはやらないと？」

「そ。こうするためにね！」

ミラは槍を穴に向かって全力で投擲した。

やっぱり【槍意操】か！

いま、僕はいくつもの異空の穴に囲まれている。

その内の一つ、背後の穴から異空の槍が飛来する。

「おわっと⁉」

間一髪だったけど、反応できた。

でも槍は、また穴の中に吸い込まれるように消えた。

「ぜぇ、ぜぇ、ぜぇ……」

ミラの呼吸の乱れ。小盾を構えて僕の直接攻撃を警戒しているが、明らかに疲れている。

全力疾走の影響、マイナススキルの効果だろう。

そろそろ僕が付与したスキルも、効果が出てくるはずだ。

そこで、槍を警戒しているフリして、バレないようにミラに近づいていく。

「……あれ？　槍がこないな」

と思ったら、ミラの後ろの穴から、彼女の顔のすぐ横を通過して飛んできた。

咄嗟《とっさ》にしゃがむ。いまのは不意を突かれた。危なかった！

次のタイミングで仕掛けよう。

「実は僕、隠しダンジョンに潜っているんだ」

「へぇ、やるじゃない」

「ミラほどじゃないけど、立派な魔道具も所持しているんだ。だからこの攻撃はすごいけど――」

――斜め後ろかっ。

僕は覇者の盾を出して、槍をガードする。間を置かず【落石】を使って、ミラの頭上数メートルに石を顕現させた。

「なんなのッ⁉」

さすが、ミラはすぐに気づいて逃げる。予想できた動きだったので、僕は盾を捨てて【縮地】で一気に距離を消した。

強く踏み込んで剣を振る。

「きゃああ⁉」

ビクッと怯《おび》えるミラを斬ることはしない。寸止めだ。

「き、斬らないの？」

「友達を斬ったりできないよ。これで降参してくれると助かる」

ミラは脱力して、その場にへなへなと座り込んだ。荒い呼吸のまま、イヤリングを外す。

「いつもは、もうちょっと頑張れるのよ。でも気力が持たなくて」

「スタミナがなくなったとき、精神力や気力で体を動かすことが多い。だから僕は、さっきミラに精神力を弱まらせるスキルを付与したんだ」

「そゆこと……ね」

諦めてくれたのか、ミラは力なく立ち上がって両手をあげた。

「こうさーん。アタシの負けよ～」

よし。大変だったけど、三連勝で勝ち抜くことができた！

◇◆◇

英雄学校の生徒は興奮して叫び、神童学院の生徒たちは静まりかえった。

「すげえぞ一年！　おまえがキングだっ」

「まさかの三連勝っ、かっこよかったよー！」

「英雄学校の誇りを保ってくれてありがとう、ありがとーッ」

「さすがノルーッ、絶対やると信じてたよ！」

最後のはエマかな。発見したので手を振っておく。

あとはミラの【精神力減少】を破壊した。

この試合では数千ＬＰを使ったが、まだまだＬＰには余裕がある。

師匠が多く貯《た》めておけと言ったのは、こういうのを見越してたんだろう。

「付与したスキルは壊しておいたよ」

「ん、ありがとと。武具店がオープンしたら、割り引くようにパパに言っておく」

「助かるよ」

ここで、エルナ先生が英雄学校の勝利を大きな声で告げた。

会場のボルテージは本日最高になった。

また、最優秀賞を決定するため、生徒たちの票をいまから集めると伝えた。ミラが突っ込む。

「そんなの取る必要ある？　ノルで決定でしょ」

「アタシもそう思うが、一応そういうルールらしい」

「無駄なルール。あとトルシュ先生は、なんでちょっと泣いてるわけ？」

神童学院の先生、悔しいのか軽く涙しているんだ。

「大人には、大人の事情が、あるんだよ……」

よくわからないけど辛《つら》いようだ。

給料が減らされてしまうのかもしれない。だったら辛いね。

数十分後、票集めは終わったようだ。

エルナ先生が闘技場の中心でメモを読みあげる。

「いまから最優秀賞の発表をする。両校約千百名から集めた結果、こうなった。フィング・バラバ――5票、リティ・リョクン――1票、ノル・スタルジア――1123票！　よって最優秀選手はノル・スタルジアとする！」

割れるような歓声が聞こえる中、ミラが不満げに言葉を漏らす。

「他の代表に入れてるやつ、なんなの？　身内かファン？」

もしくは、僕のことが嫌いな人とか。

ここでトルシュ先生が、他の先生から贈呈品らしきものを受け取った。

それを見て、エルナ先生が声をあげる。

「それでは、神童学院側からノルに贈呈品を渡す。前へ」

「はい！」

魔道具はSランクである可能性が高いって言ってたよな！　楽しみだ。

僕はワクワクした気分で、前へ歩いていく――

番外編　新たな知識

英雄学校のエルナ、神童学院のトルシュ。

両校の教師は、審判として生徒たちの試合を見守る。

ノルとミラが一進一退のバトルを繰り広げ、誰もが手に汗握りながら観戦する中、トルシュが口を開く。

「エルナ先生って、とてもお綺麗《きれい》ですよね」

「……そりゃどうも。でもいまは試合中よ」

「そうですが、結果は決まってますから。ノルくんは優秀ですけど、ミラには勝てません」

確信めいた口調のトルシュに、エルナは内心イラッとしたが冷静に返す。

「勝負はやってみないとわからないものよ。最後の数秒で逆転することもある」

経験に基づく持論を話した途端、トルシュは大口を開けてバカ笑いする。

知性を感じさせる容姿とは裏腹に、中身は下品なのかとエルナは少し残念な気持ちになった。

「それじゃ賭けでもします？　ミラが負けたら最優秀賞の統計を取る間、あなたの犬になります」

「ノルが負けたら、なにを要求するつもりよ」

「一日、デートしていただけません？」

「デート？　一日、アタシを好きにしていい。もちろん身体《からだ》も含めてね。ただしノルが勝ったら、犬の名前はポッチにさせてもらう。どう？」

まさかの大胆な提案に、トルシュは目が泳ぐ。

こんな美女を一日中好きにできるなら、あんなことやこんなことをしたい！　と妄想が膨らむ。

無論、ポッチと呼ばれて犬の真似事《まねごと》は嫌だが、そんな未来はあり得ないと考えた。

「エ、エルナ先生がそれでいいのならば！　しかし、なぜそんな無謀な提案を？」

「無謀？　教え子の力を信じてるだけよ。仮に負けても、あの子を信じて負けたのなら納得できる。ま、そもそもノルは勝つけど」

「ないない、ないですよ！　ミラは魔道具を扱うために生まれたような子。特別に教えますが、魔道具の力を引き上げて使えます」

得意げにミラのすごさを語り出すトルシュ。

実際、試合は彼女がリードするような展開ではあった。

並の大人や冒険者では歯が立たないだろうし、実力は学生レベルを超越している。

とはいえ、あまりにもうるさいのでエルナは尖《とが》った言葉で反論する。

「自分の学校の子だけが特別だと思わないことね。ノルも十分すごい子よ」

「ほうほう、ミラを凌《しの》ぐ力があるとでも？」

「オリヴィアの力を受け継いでいる子よ」

ニヤついて軽口を叩《たた》いていたトルシュが、一瞬で真顔に変わった。

「……で、伝説の冒険者オリヴィア・サーヴァント、ですか？」

エルナはあえて答えず、片笑みだけで返答した。

その態度にトルシュは動揺しつつも反論に出る。

「私も歴史は好きなほうでして、オリヴィアが各地で残した偉業は知っています。特殊なスキルがあったことも。ですが、子孫はいないはずですよ。嘘《うそ》はいけませんね」

「でもほら、アンタの生徒が押されてる」

試合から目を離していたトルシュが、ハッとして意識をそちらに向ける。

ミラが優勢かと思われていたのに、ノルが思った以上に健闘していた。

そしてとうとう、ノルはミラに勝利を収めてしまった。

予想もしない結末にトルシュはわなわなと震え出す。

ゆっくりとエルナを見ると、悪魔のような笑みを浮かべていた。

――その後、最優秀選手を決めるため、二人は両校の生徒に誰を推すか聞いていく。

生徒たちが列を作った。

口頭で選手の名を告げていき、エルナが票数をメモしていく。

トルシュはなにをしているかといえば……隣で犬のお座りをさせられていた。

「あの、なにやってるんですか先生……」

神童学院の生徒は、ほとんどが顔を引きつらせる。

「かっ、勘違いしないでくれっ……」

「こらポッチ！　早く生徒に質問しなさい」

「……誰が、最優秀選手だと思いますか……ワン」

犬感を出すために語尾をワンにする教師の姿は、生徒たちには異様に映る。

いや生徒たちでなくても同じだろう。

でも自分で言い出したことなのでなにも文句は言えなかった。

「ノルさんが、一番すごかったです」

「ありがと……ワン」

トルシュは優秀な家系出身で、人生で躓《つまず》いたことなど一度もなかった。

こんな屈辱、生まれて初めてのことで涙が出そうになる。

「でもなんだか、可愛《かわい》いかも」

「うん、なんか先生いつもと違って可愛いし面白いね」

まさかの女子たちの評価に、目が点になるトルシュ。

犬の真似事が生徒にユーモラスな印象を与え、親近感を抱かせるなど想像したこともなかった。

「……教師は教える側であると同時に、学ぶ側でもあるのかもしれませんね」

「ワンは？」

「ワァン……！」

羞恥心と高揚感がない交ぜになった状態で、トルシュは新たな知見を得たのだった。

あとがき

瀬戸《せと》です。お久しぶりでございます。

はやいもので隠しダンジョンも六巻ですかぁ。

いや、ペースはあんまはやくないですね……。

この作品を初めて書いたのは、約四年前なんです。

そのときの心境は、正直あまり思い出せません。

ノルって羨ましい主人公だなー、だったような……。

最下位貴族として多少嫌な目にあってはいても、あんなに可愛い幼なじみがいる時点で勝ち組ですから。

なんで僕の近所には、エマのような子がいなかったのか？

父上と母上のせいだと思いますね。反省してほしい。

とまあ、つまらない冗談はさておき。

なんとか消えずに、ここまで作家として活動を続けてこられました。

色んなことがありました。その中でも作家として一番嬉しかった出来事は、やっぱり隠しダンジョンのアニメ化が決定したことです。

だいぶ前に告知もされているので、読者の皆様もご存じかもしれません。

本作はありがたいことに、２０２1年の1月にアニメ放送予定です！

担当編集者の庄司《しょうじ》さんからアニメ化のお知らせをいただいたときは、喜びよりもまず驚きが勝りました。

結局、その日は実感がわかず、翌日に嬉しさがきました。

ガッツポーズをしたのも、確か翌日でした。

ライトノベル作家も色んな人がいます……おそらく。

ただ、アニメ化を一つの目標に活動している人は多いかと思います。

僕も叶えたいことの一つに、それがありました。

自分の考えたキャラクターが元気に動くのは、想像するだけで興奮します。

それが近いうちに視聴できるのだから、なんとも楽しみですね！

微力ながら、僕もアニメ化に関わっております。

多くの人の力でアニメが完成するんだなぁ……と日々実感しています。

最初の会議のとき、関係者の方々に出版社でご挨拶しました。

監督や脚本家の人で、数人くらいかなー？　と暢気に行ったら二十人くらい集まっていて、なんか急に緊張しました。

あんなに緊張したのは小学生以来です。

やっべ、挨拶なにも考えてこんかった……みたいな。

小学生の頃よりアホになってるな……と後悔しましたよ。

そのときにお目にかかれた方々はもちろん、そうでない方々も隠しダンジョンのアニメを作るために皆で活動、努力しています。

そう考えると、やはりアニメって凄い……。

僕はギターやベースなど、多少は楽器を弾けますが、音響関係はとてもできる気がしません。

面白いアニメを注意して見ていると、必ずといっていいくらいに、盛り上がる音楽が入っています。

音に対するセンス、知識などがすごい人が担当するのでしょうね。

絵に関しては、自分はダメダメです。

小学生と勝負しても負けるレベルで。

イラストレーター、マンガ家、アニメーター、デザイナーの方は無意識に尊敬しちゃいますよ。

絵が下手って微妙にコンプレックスになりませんか?

以前キリンを描いたら、ろくろ首と間違えられまして。そんなのおかしいよ……。

声優さんも、素晴らしい職業ですよね。

アフレコ聞かせてもらってるのですが、声だけでキャラが生きてる……！　と感動します。

要求された演技にすぐ応えるあたり、プロだなー。すごいなーとも。

多くの人が関わったものが、より多くの人の心を動かすのかもしれません。

たとえばスポーツ選手が活躍すると感動しますが、それを支えている人がたくさんいますよね。

エンタメ関連もそのような気がします。

個人で大きなことをやる人もいるのでしょうが、アニメに関しては違うわけです。

アニメが感動できるのは、そうやってたくさんの人が関わっているからかもしれませんね。

さて、隠しダンジョンのアニメについて。

こちら、すごく良い感じにストーリーが進んでいきます。

小説やコミックを見てくださってる方だけでなく、初見さんが視聴しても面白く感じてくれると確信しています。

期待していてください～。

ではこの辺で、謝辞を。

竹花《たけはな》ノート様、庄司様、デザイン、校正など各関係者の皆様には、今巻もお世話になりました。

そしてコミックの５巻が、２０２０年12月９日に発売します！

樋野友行《ひのともゆき》先生が、今回も素晴らしいマンガにしてくださっています。

とても面白いので、お手にとってみてください。

応援してくださる読者の皆様のおかげで、隠しダンジョンがアニメに進むことができました。

いつもありがとうございます！

２０２１年の１月に、一緒にアニメを楽しみましょう。それではまた～！

俺だけ入れる隠しダンジョン
Special training in the Secret Dungeon!
～こっそり鍛えて世界最強～

コミックス最新5巻 12/9発売!
俺だけ入れる隠しダンジョン
～こっそり鍛えて世界最強～
1
原作 瀬戸メグル
漫画 樋野友行
竹花ノート
2
3
4
5
ニコニコ静画『水曜日のシリウス』にて好評連載中!
http://seiga.nicovideo.jp/manga/official/w_sirius/

Kラノベブックス

俺《おれ》だけ入《はい》れる隠《かく》しダンジョン6
〜こっそり鍛《きた》えて世《せ》界《かい》最《さい》強《きょう》〜

瀬《せ》戸《と》メグル

2020年11月30日第1刷発行

発行者	森田浩章
発行所	株式会社 講談社 〒112-8001　東京都文京区音羽2-12-21
電　話	出版　(03)5395-3715 販売　(03)5395-3608 業務　(03)5395-3603
デザイン	百足屋ユウコ+フクシマナオ（ムシカゴグラフィクス）
本文データ制作	講談社デジタル製作
印刷所	豊国印刷株式会社
製本所	株式会社フォーネット社

ISBN978-4-06-521767-2　N.D.C.913　287p　19cm
定価はカバーに表示してあります

ファンレター、
作品のご感想を
お待ちしています。

あて先
〒112-8001　東京都文京区音羽2-12-21
（株）講談社　ラノベ文庫編集部 気付
「瀬戸メグル先生」係
「竹花ノート先生」係

Kラノベブックス

Webアンケートにご協力をお願いします！

読者のみなさまにより魅力的で楽しんでいただける作品をお届けできるように、みなさまのご意見を参考にさせていただきたいと思います。

◀アンケートページはこちらから

アンケートにご協力いただいたみなさまの中から、抽選で

毎月20名様に図書カード

（『銃皇無尽のファフニール』イリスSDイラスト使用）

を差し上げます。

イラスト：梱枝りこ

Webアンケートページにはこちらからもアクセスできます。

https://voc.kodansha.co.jp/enquete/lanove_124/

Kラノベブックス

六姫は神護衛に恋をする

最強の守護騎士、転生して魔法学園に行く

Six Princesses fall in love with godguardian

朱月十話

III.てつぶた

六姫は神護衛に恋をする
最強の守護騎士、転生して魔法学園に行く
著：朱月十話　イラスト：てつぶた

七帝国の一つ、天帝国の女皇帝アルスメリアを
護衛していた守護騎士ヴァンス。
彼は、来世でも皇帝の護衛となることを誓い、
戦乱を終わらせるために命を落としたアルスメリアと共に
『転生の儀』を行って一度目の人生を終えた。
そして千年後、戦乱が静まったあとの世界。
生まれ変わったヴァンスはロイドと名付けられ、
天帝国の伯爵家に拾われて養子として育てられていたが……!?